Das Lied der Krähe

Lektorat/ Korrektorat: Fränz Brehm
Covergestaltung: Dr.Mulle
Herstellung und Verlag:
BoD – Books on Demand, Norderstedt

TWENTYSIX – der Self-Publishing-Verlag
Eine Kooperation zwischen der Verlagsgruppe Random
House und BoD – Books on Demand

Bibliografische Information der Deutschen
Nationalbibliothek: Die Deutsche Nationalbibliothek
verzeichnet diese Publikation in der Deutschen
Nationalbibliografie; detaillierte bibliografische Daten sind
im Internet über dnb.d-nb.de abrufbar.

ISBN: 9783740707316

Das Lied der Krähe

Ein Roman

Dr.Mulle

PROLOG

Der Regen tropft schwer auf meine Federn, der Ast unter meinen Krallen wippt im heftigen Herbstwind. Noch sind der Nüsse viele zu finden, zu Füßen der Bäume, auf den Wegen der Menschen, doch bald wird sich der Schnee über sie legen. Wir Krähen werden im kalten Matsch nach ihnen suchen müssen, sie aus dem vereisten Boden heraus hacken müssen. Streit wird ausbrechen im Schwarm über jede gefundene Nuß, die Jüngeren, Stärkeren werden sie den Älteren, Schwächeren abjagen. Die erfahrenen Älteren werden sich abseits halten, wo sie ihre Funde aus dem Schnee besser vor den anderen verbergen und allein verschlingen können.

Das kalte Weiß wird auch meinen Körper bedecken, diese Zeit des Hungers und des Streits wird mir erspart bleiben. Ich spüre, wie die Kälte langsam in meinen Körper steigt. Diese Flügel, die mich schon so viele Jahre durch die Lüfte tragen, werden langsam schwerfällig, der alte Bruch in der rechten Schwinge schmerzt bei jedem Wetterumschwung. Diese Krallen, die mich einst geschickt über jedes Hindernis springen ließen, verlieren langsam ihre Kraft. Diese Augen, mit denen ich früher scharf jeden Wurm und Käfer, jede Frucht oder Nuß am Boden erspähte, ergrauen langsam. Ein leichter Nebel liegt über der Stadt, liegt über der Welt. Ein Nebel, der nur in meinen Augen ist. Es sind die Zeichen des nahenden Todes nach einem langen Leben.

Nach einem langen und erfolgreichen Leben sollte ich sagen. Nicht vielen Krähen ist es vergönnt, so lange zu leben, so viele Junge zu zeugen und aufzuziehen. Nicht vielen Krähen ist es vergönnt, ihre eigene Art zu retten vor der Gier und dem Hass der Menschen, vor den

Schießstöcken der bösen Menschen. Aber es gibt auch gute Menschen, Menschen wie Louise.

Wie sie da unten im Regen vor dem Bahnhof tanzt, beleuchtet nur von der flackernden Gaslaterne des Bahnhofsvorplatzes, ein Stück Papier in der Hand, meinen Namen rufend. Wieder und wieder meinen Namen rufend. Die Menschen. Nie werden sie verstehen, daß wir Tiere sie schon beim ersten Mal hören, daß wir aber nicht immer reagieren möchten. Louise ruft wieder und wieder meinen Namen, möchte mir erzählen, was ich doch längst schon weiß, möchte, daß ich ihre Freude teile, daß auch ich im Regen herumtanze.

Ob auch ich mich freue? Ja sicher. Aber noch mehr bin ich erleichtert, daß mein Auftrag auf dieser Erde abgeschlossen ist, daß ich ruhigen Gewissens scheiden kann. Daß ich dem Drängen meines sterbenden Körpers nachgeben kann. Mit zwei kurzen Krächzern lasse ich mich in den Wind fallen und von ihm in einem Bogen über das Bahnhofsgebäude tragen, hin zur alten Eiche am Hang des Waldes. Noch ein letztes Mal spüre ich den Wind unter meinen Schwingen, spiele mit ihm, lasse mich höher steigen, rasend schnell fallen, drehe dann einen letzten Kreis um die alte Eiche, bevor ich mich in ihre verwaiste, blattlose Krone sinken lasse. Meine Eiche, an der ich noch einmal meinen Schnabel reiben werde, um ihn dann unter meinen linken Flügel zu stecken und zu schlafen. Zu schlafen, um nicht mehr aufzuwachen, um nicht mehr davon zu segeln, um wie ein vereister Klotz herunterzufallen. Der nahende Winter wird seinen kalten weißen Teppich über meinen vom Ast gefallenen Körper weben, bis zum nächsten Frühling. Einem Frühling, in dem die Menschen keine Krähen mehr töten werden.

1890, 2. JAHR DER REGIERUNG KAISER WILHELMS II.

Kapitel 1

Das Läuten der Glocken dröhnt über das ganze Dorf, das ganze Tal. Das Glockenseil reißt im Takt des Läutens einen kleinen Jungen auf und ab. Ist er am höchsten Punkt angekommen, verlagert er gewandt sein Gewicht und rauscht am Ende des Seils dem Boden entgegen, von dem er sich mit geübten, flüssig-fliegenden Bewegungen wieder abstößt. Auf und ab, wie in einem Rausch, begleitet von dem ohrenbetäubenden Dröhnen der Glocken, dem harten Schlag des Klöppels gegen die bronzene Rundung. Auf und ab. Das armdicke Seil, das ihn mit Schwung hinaufreißt. Ein Achtjähriger, der diese tonnenschwere Maschinerie beherrscht, das mächtige Geläut zum Klingen bringt. Und ausklingen läßt mit einem Sprung zur Seite, weg von dem nun gefährlich schlingernden Seil, das, befreit von dem zusätzlichen Gewicht, nun die Glockenkammer wie eine Schlange auf Nahrungssuche durchmißt. Langsamer schwingt die Glocke, seltener schlägt der Klöppel, das Seil beruhigt sich wieder.

Er hat seine Pflicht getan, er hat die Gläubigen zum Mittagsgottesdienst seines Vaters gerufen. Eine Pflicht? Ein Vergnügen! Ein Spaß, um den ihn seine Freunde beneiden! Nicht einmal die vielfältigen Lustbarkeiten der alljährlichen Kirmes können sich damit messen, nicht das Schwingen an den biegsamen Ästen der Weiden am Flußufer, nicht das Herumtollen auf dem Schulhof. Die geballte Kraft, die ihn hinaufreißt, das Gefühl, Herr dieser tonnenschweren Maschinerie zu sein, ist unvergleichlich.

Doch heute wartet Heinrich nicht, bis das Seil sich wieder beruhigt hat, geht danach nicht auf die Empore der Kirche, um von oben am mittäglichen Gottesdienst teilzunehmen, um von oben die kahlen Stellen in den Haarschöpfen der Gläubigen zu betrachten. Heute wartet er nur ab, bis seine Mutter hinter dem letzten Gottesdienstbesucher die Kirchentür geschlossen hat und schleicht sich danach aus der Kirche zurück zum gegenüberliegenden Pfarrhaus. Denn heute gibt es Spannenderes als den Gottesdienst, Spannenderes als die Bibelstellen, die sein Vater der Gemeinde ausbreitet, Spannenderes als die Streiche der Konfirmanden in der zweiten und dritten Reihe der Kirchenbänke. Die gottesdienstbedingte Abwesenheit aller menschlichen Bewohner des Pfarrhauses gibt ihm die Chance, den neuen tierischen Bewohner einmal ganz alleine zu betrachten. Den Bewohner, den sein Vater vom Besuch am Sterbebett des Schlatthof-Bauern oben am Wald mitgebracht hat, den Bewohner, der auf dem Rückweg verletzt neben der Bahnlinie gefunden wurde.

Ein von der Kutsche gefallenes Bierfaß, das der Böttcher nicht mehr richten konnte, dient dem neuen Bewohner als zu Hause. Der obere Deckel ist beim Sturz herausgeplatzt, so daß man von oben hineinschauen kann auf das aufgeregte und eingeschüchterte schwarze Wesen dort unten. Sein Vater hatte es in einem Kartoffelsack hergeschafft, aus dem wildes Gekrächze heraustönte, während wildes Geflattere und Gehacke mit dem Schnabel die Seiten des Sackes ausbeulte. Das wilde Flattern hörte nicht auf, als sich die Krähe aus dem Sack befreit hatte, der in das ausgediente Bierfaß gelegt wurde. Doch nun, während alle anderen beim Gottesdienst sitzen, ist sie ruhiger und Heinrich nähert sich langsam der runden Öffnung des Faßes. Als sein Scheitel über der Rundung erscheint, geht die Krähe in Verteidigungsstellung, spreizt die Flügel, von denen einer schief absteht und reckt den langen schwarzen Schnabel kampfbereit dem Besucher entgegen.

Ein verletztes Tier wird immer versuchen, sich bis zum Letzten zu verteidigen, daher darf man ihm nicht zu nahe kommen. Eine Erfahrung, die ihm sein Vater schon früh nahegebracht hat, die er aber auch schmerzhaft selber einige Male machen mußte, nicht nur bei den Hofkatzen, auch bei eingeklemmten Dachsen und angeschossenen Wildschweinen. Daher nähert Heinrich sich vorsichtig dem Faß, redet beruhigend auf die verletzte Krähe ein, vermeidet schnelle Bewegungen, legt das Kinn auf den oberen Rand des Gefängnisses und betrachtet das Tier in aller Ruhe.

Zunächst sieht es nach einem Wettbewerb aus: Wer kann länger bewegungslos starren? Die Krähe mit gerecktem Schnabel oder der Junge mit seinem Kinn auf dem Faß? Beide beobachten einander, unbeweglich. Dann wendet der schwarze Vogel den Kopf leicht, behält den Jungen aber im Blick, bleibt wachsam. Die Flügel senken sich, der rechte steht weiterhin ein wenig ab. Die Krähe beäugt nun neugierig ihren Besucher, hackt aber als Warnung einmal kräftig mit ihrem kräftigen Schnabel gegen die Wand des Bierfasses, um ihre unveränderte Verteidigungsbereitschaft zu demonstrieren. Natürlich auch, um die Festigkeit ihrer Gefängnismauern zu prüfen, denn nur wenig leistet dem harten Schnabel einer Krähe Widerstand. Kein Schneckenhaus, keine Haselnußschale, keine Ringeltaube, die ihr Nest verteidigt. Und auch nicht der Kopf einer streunenden Katze, die sich in das Krähenrevier verirrt hat. Doch die Planken des Bierfasses sind härter, sie geben nicht nach, zersplittern nicht unter dem schweren Angriff des festen, spitzen Schnabels. Dieser Angriff war ja auch eher als Warnung an den Menschen gedacht, der sich da über das Faß beugt. Denn Menschen sind gefährlich, gefährlicher als Katzen. Wie diese töten und quälen sie Tiere zum Spaß, doch anders als Katzen müssen sie sich nicht ihren Opfern nähern, Menschen haben diese Stöcke, die aus der Ferne töten und verletzen, sie haben diese schwarzen, rauchenden Monstren, die genauso schnell sind, wie eine Krähe im Flug.

Kapitel 2

Ein solches Monster war es auch, die mich in diese mißliche Lage, in dieses Loch brachte. Eben flog ich noch stolz über unserem Revier, machte tollkühne Flugmanöver um die jungen Krähinnen zu beeindrucken, die mit ihren Müttern an dem Kadaver eines Rehs am Bahndamm herumhackten. Einmal nicht aufgepaßt und mein rechter Flügel berührte schon das schwarze, dampfende Rohr dieser Maschine. Ich weiß noch, daß ich plötzlich meinen Flug nicht mehr beherrschte, nicht mehr meine Bahn lenken konnte, in der Luft taumelte und wie ein vom Wind aus dem Baum gewehtes Starennest zu Boden flatterte. Ein harter Aufprall, mehrfach überschlug ich mich und blieb dann auf dem verletzten Flügel liegen. Ich war benommen, nur langsam drang der Schmerz in meinen Kopf vor. Ich richtete mich auf, doch ein stechender Blitz nahm mir die Besinnung.
Als ich wieder aufwachte, lag ich mit dem Schnabel voran im Matsch. Mit einem geschickten Schwung stand ich wieder auf den Krallen, aber der Schmerz war noch da. Ich mußte vom Boden weg, nur weg vom Boden, schwang mich auf zum Flug auf den Ast des Birnbaumes am Weg, blieb aber doch am Boden. Der Schmerz in meinem Flügel raubte mir fast noch einmal die Besinnung. Und warum flog ich nicht? Zwei Flügelschläge und ich wäre auf diesem fünfkrähenhohen Ast. Das schaffte doch selbst ein Nestflüchter. Ich aber blieb auf dem Boden, auf dem

gefährlichen Boden, dem Revier der Füchse und Katzen. Auch ein weiterer Versuch ließ mich nicht abheben, brachte nur wieder neue Schmerzen, noch heftiger als vorher. Irgendwas stimmte nicht. Ich hatte mich auch schon früher mal verletzt, mal eine Feder verbogen, mal vergessen, beim Überfliegen eines Astes die Krallen einzuziehen, aber ich konnte immer fliegen. Als Nesthocker natürlich nicht, aber seit ich das Nest verlassen hatte, konnte ich fliegen. Immer. Und ohne Mühe. Elegant und wagemutig. Immer. Warum jetzt nicht? Wahrscheinlich wegen dieser Schmerzen. Vorsichtig hüpfte ich zum nächstgelegenen Gebüsch, achtete darauf, den rechten Flügel nicht zu bewegen. Mit einem beherzten Satz katapultierten mich meine Füße auf einen niedrigen Ast. Durch die schnelle Bewegung verlor ich beinahe erneut das Bewusstsein. Diese Schmerzen! Erst einmal ausruhen, wieder zu Sinnen kommen. Aber nicht zu lange, denn auf diesem niedrigen Ast war ich noch in Reichweite von Füchsen und Katzen. Noch ein Sprung, abermals beißender Schmerz, doch der nächste Ast war schon höher. Wieder kurz warten, Kraft und Sinne sammeln, dann der nächste Sprung, der nächste Ast wäre hoch genug, sicher genug. Doch es reichte nicht, der Schmerz lenkte mich ab, ich wollte die Flügel ausbreiten, um den Fall abzufangen.

Das Nächste, woran ich mich erinnerte, war dieses raue Gefängnis, dunkel, kratzig und schlingernd. Ein bißchen wie eng verknüpfte Gräser, doch egal wo mein Schnabel hin hackte, es gab nur nach, brach aber nicht. Gleichzeitig schlingerte es hin und her, wie ein Ast, der in einer Stromschnelle trieb. Heute weiß ich, daß Menschen es einen Sack nennen. Ich wehrte mich, trotz der Schmerzen. Dann plötzlich Ruhe. Ich hackte um mich, die Wände meines Gefängnisses gaben nach, jedoch kam ich nicht raus.

Kurze Zeit später wurde der Sack hochgerissen und wieder abgesetzt. Ich hackte, flatterte, kratzte mit meinen Krallen und schließlich sah ich Licht. Mit dem Schnabel schob ich das Graszeug dieses Gefängnisses beiseite, wie Laubblätter über einer Froschleiche im Herbst. Was ich sah, gefiel mir nicht: Rundherum um mich Holz, so eng aneinander, daß keine Ameise durch paßt. Nur oben offen. Und da schauten Menschen auf mich herab. Menschen. Schauten. Auf. Mich. Herab!

Nun sagt selber, war das eine mißliche Lage oder nicht? Eine Krähe, die nicht mehr fliegen konnte, gefangen in einem runden Loch aus Holz, die Öffnung so hoch, daß man nicht raus hüpfen konnte. Eine Krähe, auf die Menschen herabschauten. Ich war auf jeden Fall nicht begeistert, reckte den Menschen erst einmal meinen Schnabel entgegen, meine gefährlichste Waffe. Ein, zwei kräftige Hacker auf das Holz, das die Außenwand des Loches bildete und dann wieder volle Verteidigungshaltung. Sollen die sich doch mit mir anlegen, verletzt oder nicht, ich bin verdammt gefährlich. Das hatte schon so manche übermütige Katze zu spüren bekommen, auch der eine oder andere Hofhund hatte schon das Nachsehen.

Die Menschen guckten nur, lauerten wahrscheinlich auf eine Nachlässigkeit von meiner Seite, einen kurzen Moment der Unaufmerksamkeit, einen Augenblick der Schwäche. Mein Flügel schmerzte. Ohne den Kopf zu bewegen suchte ich die Umgebung ab. Alles Holz, kein Durchkommen, kein Rauskommen. Ich nahm all meinen Mut zusammen, bereitete mich auf die kommenden Schmerzen vor, kniff den Schnabel zu und sprang mit Schwung nach oben, hackte mit aller Kraft gegen das Holz. Die Gesichter verschwanden erschrocken. Gut so, sie hatten also Angst vor mir. Wer Angst hat, bleibt auf Abstand. Mit vor Schmerz zugekniffenem Schnabel begab ich mich wieder in meine

Verteidigungshaltung und wartete ab, ob sie sich noch mal trauten. Sie trauten sich. Keine zwei Flügelschläge nach meinem erfolglosen Angriff auf die Gefängniswand tauchten die Menschenköpfe wieder in dem Loch über mir auf. Sie starrten herunter, ich starrte hoch. Verteidigungsbereit. Gefährlich. Gefangen, aber nicht besiegt.

Nach einiger Zeit sah ich den Flügel eines Menschen über dem Loch, er hielt einen kleinen Brotkanten. Die Flügel der Menschen waren gefährlich, damit konnten sie zwar nicht fliegen, aber damit vertrieben sie uns von den Feldern, damit schwangen sie ihre Astgabeln gegen uns und damit richteten sie ihre Knallstöcke auf uns. Die Teile, die von Ferne töten konnten. Meine Eltern hatten mir schon früh beigebracht, wie gefährlich die Menschen waren. Schon kurz nachdem ich fliegen konnte, hatten sie mir die gefährlichsten Exemplare gezeigt. Die, die mit den Schießstöcken an den Rändern der Felder standen. Und die, die erst gutes Korn in der Nähe unserer Nester verteilten und dann vergiftetes. Meinen Onkel hatte es so erwischt, hatten mir meine Eltern erzählt. Nach dem harten Winter war er hungrig gewesen, sehr hungrig. So hungrig, daß allen sein dauerndes Gekrächze auf die Krallen ging. Als dann einer dieser Menschen Korn unter unserem Baum verteilt hatte, stürzte er sich entgegen aller Warnungen darauf. Eine entfernte Cousine auch. Sie haben sich den Bauch mit dem Korn vollgeschlagen und sind anschließend in den Baum zurückgekehrt. Zumindest krächzte mein Onkel dann nicht mehr vor Hunger. Zwei Sonnenaufgänge später kam der Mensch wieder, streute wieder Korn. Mein Onkel, meine Cousine und auch einige anderen hatten sich auf das Korn gestürzt. Diesmal kehrten sie nicht in den Baum zurück, sondern starben zuckend am Boden. Auch der hungrige Fuchs, der sich anschließend einige der

Krähen-Kadaver unter den Nagel gerissen hatte, war elendig verreckt.

Unfassbar, daß die Menschen so etwas machen. Wenn ein Fuchs oder eine Katze oder ein Habicht einen von uns tötet, kann ich das verstehen. Die sind hungrig, wir sind Futter für die. Wie Raupen und Insekten Futter für uns sind. Aber die Menschen töten uns einfach und lassen uns liegen. Die Menschen hassen uns Krähen. So sehr, daß sie uns noch nicht einmal fressen möchten. So sehr, daß sie uns als Fraß für die Ameisen liegen lassen.

Und es waren Menschen, die mich nun durch das Loch oben anstarrten. Wollten sie mich quälen? Wie die Katze, die noch mit ihrer Beute spielt, sie quält, bevor die Beute getötet und gefressen wird. Menschen mögen Katzen. Vielleicht haben sie einige Verhaltensweisen von den Katzen übernommen. Auch die Katzen streuen Laub über ihre Notdurft. Genau wie die Menschen, die ich im Wald an Bäumen hockend beobachtet hatte, die Blätter über ihre Hinterlassenschaften warfen. Auch die Menschen warten ruhig ab, bis ihre Beute aus dem Wald aufs Feld kommt, wie die Maus aus dem Loch. Dann erlegen sie die Beute mit den Knallstöcken. Katzen müssen zumindest nah an ihre Beute ran, die Menschen töten aus der Entfernung eines Kurzfluges. So mancher Katze hatte ich schon ihre Beute abgenommen. Während sie mit der verletzten Feldmaus spielte, Anflug von oben hinten, gezielter Schnabelhieb auf den Kopf, mit den Krallen kurz die Ohren streifen und zack wieder hoch. Solange sie noch um sich schaute, woher der Angriff kam, aufsteigen und dann steil runter, diesmal mit den Krallen an den Hinterkopf, aber auch gleich wieder hoch, da haut jede Katze ab. Man kann so auch schon mal eine Katze töten, wenn der Schnabelhieb direkt in den Schädel geht. Katzen sind lecker, das gibt dann immer einen Festschmaus für die ganze Familie.

Solche Gedanken gingen mir durch den Kopf, als ich in Verteidigungsstellung bereit stand, die Menschenkralle mit dem Brotkanten über mir. Sie ließ ihn fallen, neben mich. Ich erschrak, flatterte, dann aber direkt wieder Verteidigungsstellung, Schnabel nach oben gereckt. Mein Magen grummelte angesichts des Brotes, aber so würden sie mich nicht kriegen, sie würden mich nicht wie meinen Onkel vergiften.

Nach einiger Zeit verschwanden die Gesichter aus meinem Blickfeld, das Loch oben in meinem Gefängnis zeigte mir wieder den vertrauten Himmel, die vertrauten Wolken. Es sah nach Regen aus. Den Regen mag ich nicht, aber den Wind vorher. Die kräftige Luft unter meinen Flügeln, die mich emporhebt, in die ich mich fallen lassen kann, die um mich herumwirbelt, die mich sicher in die Äste der höchsten Bäume trägt. Doch im Moment trug mich gar nichts. Ich war gefangen in einem Loch aus Holz, mit einem wahrscheinlich vergifteten Brotkanten und dem alten Gefängnis aus festen Grashalmen neben mir. Es blieb mir nichts anderes übrig, als meine Umwelt genauer in Augenschein zu nehmen. Das weiche aber kratzige, braune Zeug, das vorher mein Gefängnis war, lag auf dem Boden. Wenn ich darüber spazierte, verhakten sich meine Krallen in dem Zeug. Der Sack warf Falten, die ich mit meinem Schnabel aufwarf, in denen sich aber nichts verbarg, kein Käfer, keine Made oder Eidechse. So drehte ich einige Kreise in diesem Loch, wetzte meinen Schnabel an der Wand und versuchte, meinen grummelnden Magen zu ignorieren. Als ich gerade versuchte, mit meinem Schnabel das braune Graszeug von der Wand weg zu zerren, hörte ich Schritte. Sofort ging ich wieder in Verteidigungsbereitschaft. Doch der Mensch schaute nur von oben rein und machte dann das Loch zu.

Na toll. Verletzt, gefangen, hungrig und jetzt auch noch dunkel. Wurde ja immer besser. Langsam gewöhnten sich meine Augen an die künstliche Nacht. Da lag der Klumpen, dort lag das Graszeug, daneben nur wenig Platz in meinem Gefängnis. Nach einiger Zeit wurde ich müde. War ja auch dunkel. So wirklich wohl fühlte ich mich nicht, aber zumindest war das Loch oben zu und keiner der Menschen schaute hinein. Das gab mir ein wenig Sicherheit, also beschloss ich zu schlafen. Kopf unter den rechten Flügel und einschlafen, bis es wieder hell wird. Hatte ich gedacht. Wie ich gerade gewohnheitsmäßig den rechten Flügel hob, um den Kopf drunter zu stecken, durchfuhr mich ein Schmerz, daß ich aufkrächzte. Keine gute Idee. Die Angewohnheit, mit der rechten Seite zu schlafen, sollte ich wohl ablegen. Als sich der Schmerz legte, hob ich also den linken Flügel und steckte den Kopf drunter. Zuerst konnte ich nicht einschlafen, war ja schon ungewohnt, aber dann ging es.

Geweckt wurde ich unsanft, der Deckel von meinem Gefängnis wurde ruckartig entfernt. Noch halb im Schlaf ging ich flügelhebend in Verteidigungsstellung, halb vor Wut, halb vor Schmerz krächzte ich meinem Gefängniswärter entgegen. Ein zweiter Kopf zeigte sich, dann noch ein dritter, kleinerer. Nach kurzer Zeit waren sie wieder weg. Dafür war aber mein Hunger wieder da, dazu kam jetzt noch der Durst. Ich hatte seit dem letzten Sonnenaufgang keine Pfütze mehr gesehen. Zum Glück hatten es ein paar der Rinnsale des Regens der Nacht in mein dunkles Loch geschafft, so daß eine kleine Pfütze neben dem zerfledderten Graszeug zu sehen war. Gierig schlürfte ich sie leer, stets argwöhnisch ein Auge auf das Loch am Himmel gewandt. Doch erst einmal tat sich dort nichts. Bis plötzlich ein unglaublicher Lärm begann, der mir Knochen und Federn schüttelte. Der Boden vibrierte unter den Krallen, die Wände bebten, das ging unters Gefieder. So einen Lärm hatte ich noch nicht einmal von den schwarzen Monstren gehört, die auf glänzenden Spuren durch das Tal fuhren und dabei sorglos daherfliegende Krähen verletzten.

Zum Glück endete der Lärm bald. Dafür tauchte der kleine Kopf wieder an der Öffnung meines Lochs auf. Zack, Verteidigungsstellung. Der Mensch sprach mit mir in der unverständlichen, unmusikalischen Art des Menschen, die so nichts mit dem herrlichen Knarzen der Äste, dem Röhren der Hirsche und schon gar nichts mit den wunderschönen Klängen unserer Sprache zu tun hatte. Komplett unnatürliche Töne, die er von sich gab. Aber anders als die Menschen, die uns sonst vom Feld vertrieben, schrie er nicht. Er sprach ganz leise, geradezu sanft, wie eine Mutter zu ihrem Küken. Ich starrte ihn an, er starrte mich an. Langsam gab ich meine Verteidigungsstellung auf, das Heben des rechten Flügels tat auch mächtig weh. Argwöhnisch beobachte ich ihn weiterhin, während ich im Loch herumspazierte, den einen oder anderen herumliegenden Faden in den Schnabel nahm und wieder weg legte. Sollte er ja nicht denken, ich würde ihn für gefährlich halten (obwohl ich das natürlich tat). Irgendwie wirkte sein Sprechen beruhigend, auch wenn diese Töne sehr gewöhnungsbedürftig waren. So langsam vergaß ich das Menschenküken und spielte mit dem Sack, der einst mein Gefängnis war. Hacken, ziehen, hacken, ziehen, ziehen. Was ein Spaß, hacken, ziehen, ziehen, hacken. Fäden wild herumschleudern, hacken, ziehen. Ein komisches Geräusch kam von oben, das Menschenjunge verzog komisch das Gesicht und gab glucksende Laute von sich. Ich schaute es an. Es gluckste weiter. Das Küken hörte auf und sah mich an. Ich schaute ihn an. Merkwürdig. Mal schauen, ob wir die glucksenden Geräusche nicht noch einmal aus ihm heraus bekamen. Wieder schnappte ich mir einen Faden, stellte meine Krallen auf das andere Ende, zog daran, ziehen, hacken, ziehen, ziehen. Es gluckste wieder. Wenn man also an dem Faden zog, glucksten die Menschen, wie der kleine Bachlauf mit den vielen lustigen Kieseln unter unserem Nest. Vielleicht war das deren Art, glücklich zu krächzen. Denn mich machte das Ziehen am Faden, das Zerfleddern meines braunen ehemaligen Gefängnisses glücklich. So viele Fäden, an denen man ziehen konnte. Nur der Brotkanten lag im Weg, manchmal versteckte ich den unter dem Sack. Aber vor meinem Hunger konnte ich ihn nicht verbergen. Das Junge gluckste immer noch, ich schaute zu ihm hoch. Plötzlich war es verschwunden.

Kapitel 3

Nicht ohne Grund verschwunden. Das Vaterunser-Geläut, fast hätte Heinrich es vor lauter Spaß mit dem Vogel vergessen. Er rennt zurück zur Kirche, erleichtert hört er, dass die Gemeinde noch einen Chorale singt. Heinrich schleicht durch den Turmeingang auf die Empore, sein Vater steht während der letzten Strophe des Chorals auf und geht zum Altar. Das ist das Signal für ihn, er rennt auf den Glockenboden, bringt mit einem leichten Ruck die Glocke kunstvoll in leichte Bewegung, ohne daß der Klöppel sie berührt. Erst als Heinrich von unten das „Vater unser, der Du bist..." hört, hängt er sich mit seinem vollen Gewicht an die Vaterunserglocke. Einmal schlagen, dann reißt sie ihn nach oben, er gleitet mit, am Scheitelpunkt wirft er geübt wieder sein ganzes Gewicht an das Seil, wie im Geschwindigkeitsrausch geht es hinab, während er leise das Vaterunser mitspricht „Wie im Himmel...". Am Boden stößt er sich ab, läßt sich wieder hochreißen, „so auch auf Erden". Als Heinrich bei „Denn Dein ist das Reich" wieder dem Boden nahe ist, springt er behende zu Seite, läßt das Seil seinen Tanz aufführen und wartet darauf, daß der Klöppel beim „Amen" ein letztes Mal die Glocke berührt. Perfekt geläutet. Zufrieden mit sich verläßt Heinrich den Glockenturm, geht zurück auf die Empore. Routiniert sieht er dabei zu, wie sein Vater den Segen spricht, wie die Konfirmanden sich gegenseitig anstupsen, begierig auf ihre Freiheit die Kirche verlassen. Die anderen Gottesdienstbesucher folgen ihnen weniger eilig. Der eine oder andere plauscht ein wenig mit dem Sitznachbarn oder wechselt noch ein Wort mit dem Pastor.

Heinrich mag es, wenn es vorbei ist, wenn die Kirche sich leert, wenn seine Mutter die Altarkerzen ausbläst, die Gesangbücher einsammelt. Wenn er schließlich mit seiner

Familie ganz alleine in der Kirche ist. Von seiner Empore geht er die Treppe herunter auf die große Empore, die eigentlich immer leer ist, nur zu Weihnachten und Ostern nicht, weiter runter bis er ganz unten, ganz hinten angelangt ist. Er hat keine Eile, denn das hier wird noch dauern. Bis alle Gesangbücher eingesammelt sind, die Kissen wieder auf ihren Plätzen, die Kollekte gezählt, ein kurzer Plausch mit den Gemeindegliedern vor der Kirche geführt ist. Erst muß alles erledigt sein, früher geht Mutter nicht los, um Mittag zu kochen. Also auch keine Eile für ihn, außer, ja außer die Krähe.

Die hätte er jetzt über diese Stimmung fast vergessen. Er sammelt schnell die Kissen von den Bänken und schichtet sie auf, ruft seinen Eltern ein „bin schon mal drüben" zu und hastet aus der Kirche. Direkt dem Gemeindevorsteher in die Arme. „Na, wer ist denn das? Der kleine Heinrich hat es aber eilig, aus der Kirche zu kommen. Wo willst Du denn hin?" fragt ihn der joviale Apotheker. „Nach Hause, Herr Gemeindevorsteher, nach Hause." Der Apotheker läßt ihn mit einem tiefen Lachen los, gibt ihm einen Klaps auf den Hintern „Die Jugend von heute, immer in Eile". Heinrich läuft zwischen den tratschenden Gemeindegliedern im Slalom durch, ignoriert die zotigen Rufe der an der Kirchenmauer lehnenden Konfirmanden, überquert die Straße zum Pfarrhaus und rennt in den Hinterhof. Da steht das Bierfaß, neben der Egge. Eine der Hofkatzen sitzt auf der Egge und fixiert das Faß. Heinrich bekommt einen Riesenschreck und scheucht sie über den ganzen Hof, bis sie sich in die Scheune des Nachbarbauern Heinz verzieht. Die Krähe ist verletzt und in einem Faß gefangen, sie kann sich nicht wehren. Heinrich eilt zu ihr zurück, redet sanft mit dem aufgeregten Vogel. Der springt am Boden des Faßes herum, hackt auf die Bohlen ein und krächzt drohend. Heinrich redet weiter, beruhigend, wie er mit den trächtigen Schafen während der Geburt redet. Er würde die Krähe jetzt gern so streicheln, wie er die Schafe bei der Geburt streichelt, sie beruhigend kraulen, aber er traut sich nicht. So redet er nur, erzählt der Krähe, daß er die Katze verjagt hat, daß sie keine Angst zu haben braucht, daß er sie immer beschützen wird. Und es scheint zu wirken. Der Vogel beruhigt sich, schaut ihn an, scheint ihm zuzuhören. Heinrich redet weiter, erzählt ihm, daß alles doch nicht so schlimm ist, daß die Hofkatze nur neugierig auf den neuen Mitbewohner war, daß die Krähe keine Angst haben muß, daß sie in dem Faß sicher ist, daß alles gut ist, alles gut ist.

Seine Stimme trügt darüber hinweg, daß nicht alles gut ist, daß Heinrich einen Riesenschreck bekommen hat, daß die Hofkatze schon so manchen toten Vogel vor die Haustür gelegt hat. Während er beruhigend weiterredet, überlegt er sich, wie die Krähe geschützt werden kann. In dem Faß ist sie ein leichtes Opfer, vor allem, wenn sie nachts schläft, während die Katzen auf die Jagd gehen. Das Faß darf auf keinen Fall ohne Deckel sein, wenn niemand dabei ist. Aber es mit ins Haus zu nehmen? Mutter würde dem nie zustimmen. Mutter mag alles an seinem Platz. Und ein Tier im Haus, das wird sie niemals dulden. Niemals! Im Schafstall geht auch nicht, da schlafen neben den Schafen auch ein paar der Katzen. Im Schuppen ginge. Da kann man die Tür schließen, der hat keine Fenster, das Dach ist dicht, die Katzen kommen da nicht rein. Während Heinrich vor sich hin redet und sinniert, fällt ihm auf, daß der Brotkanten verschwunden ist, daß nur noch einzelne Krumen verstreut herum liegen. Die Krähe hat das Brot verspeist! „Gut“ sagt Heinrich, „gut gemacht, den ganzen Kanten, Du mußt wohl hungrig gewesen sein. Gut gemacht, meine kleine Krähe, Du mußt wieder stark werden, Du mußt wieder gesund werden.“

„Heinrich!" schallt es über den Hof, „komm da wech von dat Vieh und hilf mir de Tuffels schalen! Hörste mich?! Komm rauf! Aber hopp!"

Kapitel 4

Menschliches Gekreische, gerade noch hatte sich das Menschenjunge über das Loch gebeugt und ich hatte seine komischen Töne gehört, da zog es sich auch schon wieder zurück und bedeckte das Loch. Ehrlich gesagt mochte ich es nicht, wenn man mir das Licht, den Blick zum Himmel nahm. Mein ganzes Leben konnte ich immer den Himmel sehen. Aber ich fühlte mich schon sicherer, wenn das Loch abgedeckt war.

Das Scheißkatzenvieh hatte mir schon einen ziemlichen Schreck eingejagt. Ich war gerade dabei, genüßlich die Reste des leckeren Brotkantens zu verspeisen, da ruckelte es am Loch und ich sah so eine Scheißkatze da oben. Ich hatte natürlich gleich wieder Verteidigungsstellung eingenommen, Alarm geschlagen, um die anderen zu warnen. Bis mir einfiel, daß es keine anderen zu warnen gab, daß ich allein war, auf mich selbst gestellt. Wie wild hackte ich auf den Wänden herum, immer die Katze im Blick. Aber das Vieh lauerte, traute sich noch nicht zu mir rein, wartete auf den richtigen Moment, um seine Verwandten zu rächen, die meine Verwandten getötet hatten. Nicht mit mir! Indem ich mich kurz von ihr abwandte, mit meinem Schnabel gegen die gegenüberliegende Wand hackte, nutzte ich den Rückstoß, um mich zu drehen und im gleichen Moment flatternd abzustoßen. Den Schnabel voll auf ihre Augen gerichtet. Das dämliche Vieh bekam einen Schreck und sprang von der Tonne. Ich verspürte einen Riesenschmerz in meinem rechten Flügel und fiel wieder zurück in das Loch. Zum Glück schien ich sie soweit erschreckt zu haben, daß sie sich erst einmal nicht mehr traute, mich erneut zu belästigen. Einen weiteren solchen Sprung hätte ich nicht gewagt, denn ein zweites Mal solche Schmerzen hätte ich nicht ertragen.

Obwohl es mir rechts verdammt weh tat, blieb ich weiter mit gespreizten Flügeln in Verteidigungsstellung, krächzte von Zeit zu Zeit, vielleicht hörte mich ja jemand und befreite mich aus dieser mißlichen Lage. Der Schreck steckte mir noch in allen Federn. Und während ich da so stand, ertönte wieder dieser merkwürdige Lärm. Das ganze Loch vibrierte, es ging durch Mark und Krallen. Diesmal hörte das laute Geräusch schon nach kürzerer Zeit auf, ich änderte aber nichts an meiner verteidigungsbereiten Stellung. Denn ob der Lärm die Katze vertrieben hatte oder ob die weiter um mein Loch herumlungerte, konnte ich nicht sehen. Lieber wachsam und verteidigungsbereit sein, auch wenn es verdammt im Flügel schmerzte. Ich hatte zwar Hunger und Durst, aber dem Scheißvieh gab ich keine zweite Chance, mich zu überraschen. Eher hacke ich die Wände dieses Lochs kaputt und mache einen Riesenaufstand, bis meine Verwandten kommen, um mich hier rauszuholen.

Kurz danach, ein gequältes Miauen der Katze und ich sah wieder das Gesicht des Menschenjungen über mir. Ich war echt froh, den zu sehen. Ist mir zehnmal lieber als das Gesicht von so einer minderbemittelten Hofkatze. Vor allem, da er das Vieh anscheinend vertrieben hatte. Wenn er reinguckte, durfte also die Katze nicht reingucken. Gut!

Er gab wieder die komischen Töne von sich, irgendwie wirkten sie beruhigend. Ich hörte auf, die Wände zu bearbeiten, senkte mit einem Gefühl der Erleichterung meine Flügel und schaute ihn an. Er äußerte weiter diese Laute und ich hörte ihm zu. Es klang fast so, als wollte er mir etwas sagen. Wenn der nur vernünftig sprechen könnte, dann hätte ich ihn ja verstehen und ihm antworten können, aber diese unmelodischen Töne. Das versteht ja keine Krähe!

Auch wenn ich ihn nicht verstand, gab ich ihm Antwort, dankte ihm dafür, daß er die Katze verjagt hatte, daß dieser Lärm aufgehört hatte, daß der Brotkanten lecker gewesen war. Gerade als ich ihm davon erzählen wollte, wie beengt das Leben in diesem Loch war, hörte ich eine andere menschliche Stimme. Das Gesicht verschwand, das Loch wurde zugemacht, ich saß im Dunkeln. Keine Sonne, kein Himmel, aber Sicherheit. Ich nutzte die Zeit, um die restlichen Brotkrumen zu verspeisen und die letzte Pfütze in meinem Loch aufzuschlürfen. Der Hunger und der Durst waren damit erst einmal weg. Kleine Freuden, angesichts meiner mißlichen Lage. Ich beschloß, ein wenig zu schlafen. Im letzten Moment konnte ich gerade noch der Gewohnheit widerstehen, meinen Kopf unter den rechten Flügel zu stecken und hob meinen linken, um genußvoll den Geruch meiner Federn einzusaugen.

Noch nicht mal einen Kurzflug lang war ich eingenickt, da bewegte sich das ganze Loch. Oben sah ich zwar kein Licht, aber der Boden bewegte sich, ich wurde hin und her geschleudert. Auf meinen rechten Flügel, das tat weh! Aua! Kurz danach beruhigte sich alles wieder und die Abdeckung von meinem Loch wurde abgehoben. Ich sah zwei Menschengesichter, das Menschenjunge und ein anderes Gesicht, das ich schon gesehen hatte. Sie schauten nur kurz herein, warfen wieder einen Brotkanten runter und verschwanden. Es war zwar nicht richtig dunkel, aber ich konnte auch den Himmel nicht sehen. Sie hatten den Deckel von meinem Loch genommen, mir aber den Himmel nicht wiedergegeben. In Verteidigungsstellung verharrte ich, bis ich keine Geräusche mehr hörte. Zwar wußte ich, daß Katzen lautlos sind, aber ich wußte auch, daß das

Menschenjunge sie nicht mochte, sie verscheuchte. Ich mußte darauf vertrauen. Und so beschäftigte ich mich wieder mit den Fetzen des Sacks, zog einen Faden nach dem anderen heraus, ziehen, hacken, ziehen, ziehen, hacken, ziehen. Das machte Spaß! Versteht mich nicht falsch, ich mochte mein Gefängnis nicht, aber das machte wirklich Spaß! Und wenn ich genug von den Fäden hatte, würde ich mich dem Brotkanten widmen.

Frisch gestärkt stellte ich mich auf den Fadenhaufen, den ich aufgeschichtet hatte. Von hier oben konnte ich mehr sehen, nicht nur das Loch oben, sondern auch, daß es um das Loch herum etwas gab. Es war zwar dunkel, aber ich hatte gute Augen. Ich sah Äste, die nah aneinander gereiht waren, wie die von meinem Loch. Jedoch alles unnatürlich gerade. Ich sah die Griffe von Gerätschaften, wie sie die Bauern auf den Feldern benutzen, nachdem sie uns vertrieben haben. Von dem Haufen an Fäden auf dem Boden war es nicht weit bis zum Rand des Loches, gerade mal anderthalb Krähen hoch. Ich nahm allen meinen Mut zusammen und sprang. Die Kante traf mich knapp unter meinem Schnabel, was für ein Schmerz! Ich fiel auf den Rücken, kugelte den Fadenhaufen herunter, natürlich über meinen rechten Flügel, und krächzte vor Schmerz. Zack, war ich wieder auf den Krallen und atmete tief durch. Atmete weiter, bis der Schmerz nachließ. Der erste Versuch war schon ganz gut gewesen, aber irgendwie hatte beim Abstoßen der Fadenhaufen zu sehr nachgegeben. Ich konnte noch nicht mal über den Rand des Lochs hinausschauen. Und dieser Schmerz! Der rechte Flügel brachte mich echt noch um!

Ein zweiter Versuch, diesmal legte ich mit meinem Schnabel den Rest des Brotkantens als festen Untergrund auf den Fadenhaufen. Vorsichtig stieg ich hinauf, alles wackelte wie ein dünnes Ästchen im Herbstwind. An den kommenden Schmerz durfte ich nicht denken, ich mußte hier raus aus dem Loch, hier war ich gefährdet. Ich spreizte die Flügel, wippte ein wenig, um sicher zu sein, daß sich der Brotkanten nicht bewegte und sprang ab. Mein rechter Flügel berührte die Wand, im Reflex zog ich ihn ein, hieb mit dem Schnabel gegen die Wand, kurz unter die Öffnung des Loches. Wieder nichts, aber besser.

Im dritten Anlauf klappte es, ich stand mit beiden Krallen fest auf den Rändern des Loches. Sie bohrten sich in das Holz, mühsam fand ich mein Gleichgewicht. Nach so langer Zeit in dem Loch mußte ich mich erst einmal daran gewöhnen, wieder Rundumblick wie auf einem Ast zu haben. Ich befand mich in einer Höhle der Menschen. Hier war es dunkel und es standen Gerätschaften herum. Ich war früher schon mal in so einer Höhle gewesen, aber das war im letzten Sommer gewesen. Der Bauer hatte versucht, uns von den Feldern zu vertreiben, alle waren in den Wald geflogen. Nur ich hatte mich auf die obere Kante der Menschenhöhle mitten im Feld begeben, rief den anderen Jungkrähen zu, was sie doch für Feiglinge seien. Als der Bauer schließlich anfing, sein Feld zu bestellen, segelte ich in einem kühnen Schwung herunter auf den Boden und hüpfte durch das offene Tor um zu sehen, was er da versteckte. Um es kurz zu machen: Es war langweilig! Kein Futter, keine Sachen, die ich auseinander nehmen konnte, nur Gerätschaften wie jetzt in dieser Höhle.

Damals bin ich durch das offene Tor wieder raus und in den Wald zu den anderen geflogen. Hier gab es kein Tor, durch das ich freudig krächzend heraus stolzieren könnte. Und zu den anderen fliegen konnte ich schon mal gar nicht, nicht mit diesem verletzen Flügel. Also schaute ich mich in der Höhle um, flatterte schließlich unter Schmerzen eine dieser Gerätschaften hoch und von dort auf einen dieser unnatürlich geraden Äste. Dort ließ ich mich nieder, steckte den Kopf unter den linken Flügel (ja, ich lernte dazu), fühlte mich alt und schlief erschöpft ein.

Kapitel 5

Die alte Kräuterfrau erwartete schon lange nichts mehr vom Leben. Das Leben hatte ihr vieles gegeben, vieles genommen. Nur eines konnte es ihr nicht nehmen, die Gabe zu heilen. Ob sie damit gesegnet oder verflucht war, wußte sie nicht, es war ihr aber auch egal. Die Gabe verhalf ihr zu einem kleinen Auskommen. Dankbare Patienten zahlten meistens, und manchmal zahlten sie sogar gut.

Es war nicht viel, was das Leben ihr noch hätte nehmen können: die kleine Holzhütte, geschmiegt an die Flanken des schmalen Tales im Wald, ihre Kräuter und das Leben selbst. Wenig. Aber mehr brauchte sie auch nicht. Solange sie noch beisammen war, solange ihre Glieder nicht schmerzten, solange sie zu den Glücksmomenten der Kindesgeburt gerufen wurde. Wenn sie etwas essen wollte, ging sie in den Wald. Der spendete ihr reichlich Nahrung, regelmäßig kam auch mal ein bißchen was aus dem Dorf. Gelegentlich verirrte sich ein Kaninchen in eine ihrer Fallen, oft bekam sie nach einer erfolgreichen Geburt ein paar Laib Brot oder einen Schinken. Natürlich war die Geburtsbegleitung harte Arbeit. Arbeit, die viel Geschick erforderte, doch die eigentliche Belohnung lag in dem lauten ersten Schrei des frisch geborenen Kindes, dem glücklichen Lächeln der Mutter, wenn sie das Kleine das erste Mal im Arm hielt. Das war die eigentliche Belohnung. Der Schinken oder das Brot waren nur noch wie Spitze an einem schönen Kleid, nicht notwendig, aber schön.

Die Kleider, die sie trug, waren simpel, hatten nie Spitze auch nur von Ferne gesehen. Aber diese aus Hanfleinen selbstgenähten Kleider wärmten. Und sie waren nicht ständig im Weg, wie die Kleider der hochgestellten Damen. Gelegentlich sah sie die, wie sie aus dem Hessischen oder Hannöverschen zu einer Landpartie kamen. Vorher kamen immer die Jäger und Diener, um auf der vorgesehenen Wiese alle Kuhfladen zu entfernen. Schließlich wollten die Damen in der Natur sein, ohne in die Verlegenheit zu geraten, in die echte Natur zu treten.

Die alte Kräuterfrau war dann vorgewarnt und kam in den frühen Nachmittagsstunden „ganz zufällig" an der gesäuberten Wiese vorbei und ebenso zufällig hatte sie auch einige ihrer Kräuter dabei. Das waren die seltenen Momente, in denen sie echtes Geld in die Hand bekam. Geld, um den Kesselflicker zu bezahlen, Geld um zersprungene Glasbehältnisse für die Kräuter zu ersetzen. Sorgsam gehütetes Geld. Und doch für so wenig nütze.

Die Damen der Landpartien riefen sie meist zu sich herüber, erst noch im Spaß, und die Kräuterfrau spielte das Spiel mit. Gab sich erstaunt, so hochwohlgeborene und reizende Geschöpfe in Spitzenkleidern hier auf der Wiese zu sehen. Gab sich zuerst verschlossen, wenn die Damen nach gewissen Mittelchen fragten und gab sich geheimnisvoll, wenn sie zum Schluß der einen oder anderen aus der Hand las.

Die Mittelchen waren stets die gleichen, gegen die Schmerzen beim Frauenleiden und gegen ungewollte Schwangerschaften. Gelegentlich mischte sie diesen Tränken noch etwas Hanf, Fliegenpilz oder Tollkirsche bei, damit die Damen bei ihrer monatlichen Periode oder beim Stelldichein mit einem Liebhaber etwas Spaß hatten. Die alte Kräuterfrau jedenfalls hatte Spaß bei dem Gedanken daran, wie diese toupierten Stadtflittchen beim Verkehr mit ihren Liebhabern plötzliche Visionen bekamen. Nicht ohne Grund riet sie, die Kräuter gegen Schwangerschaft immer vorab einzunehmen. Dann waren diese dünnen Wesen wenigstens ein bißchen entspannt und nicht mehr so steif wie die Fischbeinkorsetts, die sie trugen.

Nein, um ihre Korsetts, ihre Spitzenkleider und weiten, unpraktischen Röcke beneidete die alte Kräuterfrau sie nicht. Nicht um ihre prüden Manieren, um das Erröten wenn die Kräuterfrau die Einnahme der Mittel beschrieb. Um den Aderlaß, den sie von ihren hochnäsigen Stadtärzten verschrieben bekamen, auch nicht. Um das Essen schon. Gelegentlich bekam sie zusätzlich zu dem Geld für die Kräuter noch etwas kalte Wachtel oder ein Törtchen. Das hütete sie wie einen Schatz bis zum Abend und genoß es dann in aller Ruhe. Doch eigentlich waren ihr Waldbeeren lieber, reif und frisch vom Strauch gepflückt.

Nur im Winter gab es wenig zu pflücken. Die ersten Jahre hatte sie in den kalten Monaten oft gehungert. Da war es ein Segen, daß im Überschwang des Frühlings viele Kinder gezeugt wurden, zu deren Geburt sie dann im Winter gerufen wurde. Der hart erarbeitete Lohn linderte den Hunger. Im Lauf der Jahre hatte sie auch gelernt, den Dachboden ihrer Hütte schon früh mit Vorräten zu füllen und eine Höhle im Wald so zu verschließen, daß kein Getier hineinkam. Sie hatte sich sogar eine Katze zugelegt, um die Mäuse vom Dachboden fernzuhalten. Obwohl sie Katzen eigentlich gar nicht mochte. Bisweilen ertappte sich die alte Kräuterfrau sogar dabei, mit dem Viech zu reden. Als wäre das scheue Tier ein Mensch und könnte sie verstehen.

Wie die Katze, hatten auch die Menschen Respekt vor ihr, gingen ihr aus dem Weg. Bei Geburten oder wenn die Gelenke des Altbauern mal wieder schmerzten, war ihre Hilfe willkommen. Oder wenn der Altbauer seinen letzten Atemzug getan hatte und gewaschen werden mußte, war sie erwünscht. Allerdings nur so lange, bis die Aufgabe erledigt war, der Tote sauber und in seinen Sonntagsanzug gekleidet war, bis sie ihre Brotlaibe und den Schinken bekam, zuweilen auch einen Sack Kartoffeln, und zur Hintertür hinausgeschickt wurde.

Daß die Menschen sie dann abschoben, störte sie nicht. Sie war nicht da, um beim Leichenschmaus den Dorfklatsch zu teilen, nicht, um zu jemandem nett zu sein. Sie war da, um eine Aufgabe zu erledigen. Im besten Fall einen Menschen auf die Welt zu bringen. Oft, um ihm die Schmerzen dieser Welt zu erleichtern. Und im schlechtesten Fall, um ihn aus dieser Welt zu geleiten.

Auch wenn die Menschen ihr vertrauten, um wieder gesund zu werden, so riefen ihr doch die Kinder im Dorf „Alte Hexe" hinterher. Und sie wußte, daß deren Eltern genauso dachten. Kinder und Eltern, die die alte Kräuterfrau zur Welt gebracht hatte, samt und sonders. Sie war das erste Gesicht gewesen, das diese Kleinen auf dieser Welt gesehen hatten, sie war der erste Mensch gewesen, der sie im Arm gehalten hatte. Und doch verachteten sie die alte Kräuterfrau, hatten Angst vor ihr. Manche zeigten es offen, andere zeigten es nicht, ließen es sie aber spüren.

Normalerweise war ihr das egal, es versetzte ihr nur einen Stich, wenn sie sich zu einem der Kleinen herunter beugte, das Ergebnis ihrer Hände Arbeit streicheln wollte und der Kleine schreiend davon lief. Das geschah immer seltener, aber nur deshalb, weil sie es seltener versuchte. Sie wollte sich nicht mehr verletzen lassen.

Warum auch? Sie hatte ja sich, ein mageres Auskommen, ein Dach über dem Kopf, sie hatte ihr Leben. Das reichte. Ein ruhiges Leben, ein Leben im Einklang mit der Natur. Kein Mann, der ihr sagte, was zu tun sei, kein Pfarrer, der sie von der Kanzel tadelte, kein König, dem sie Leibeigenschaft schuldete. Wenn Ihr ihre Geschichte kennengelernt habt, dann werdet Ihr wissen, daß das auch schon mal anders gewesen war. Doch jetzt war sie frei, hungerte lieber im Winter, als einem Mann, einem Pastor, einem Fürsten hörig zu sein.

Kapitel 6

Nachdem sie das Faß in den Schuppen gestellt haben, geht Heinrich mit seinem Vater, dem Pastor, zurück in die Wohnung. Beim Mittagessen hatte es heftige Diskussionen gegeben, nach Meinung der Mutter sollte man das Vieh verrecken lassen. Der Vater erinnerte sie an die christliche Nächstenliebe, die auch für Tiere gelten müsse. Aber da hatte er sie falsch erwischt, strenggläubig wie sie war, haute sie ihm Bibelzitate zur Behandlung von Tieren und der Boten des Bösen um die Ohren. Sie bestand lautstark darauf, daß die Krähe weg sollte. Heinrichs Einwände wurden überhört und nur dem Vater mit seiner sanften Art gelang es, seine Frau wieder zu beruhigen. Letzten Endes ließ sie sich zähneknirschend vom Bleiben der Krähe bis zur Heilung des Flügels überzeugen. „Danach kommt sie aber weg!", war ihr letztes Wort zu dieser Angelegenheit. Schließlich mußte sie immer das letzte Wort haben.

Heinrich kann damit leben. Immerhin müssen sie die Krähe nicht den unbarmherzigen Kräften der Natur überlassen, immerhin hat sie so noch eine Chance. Er macht sich keine Illusionen darüber, daß sie länger bleiben darf. Wenn seine Mutter einmal einen Entschluß gefaßt hat, dann ist sie unbeweglich wie die Findlinge im Hünengrab.
Sein Vater ist da anders, der läßt sich auch manchmal erweichen. Nicht nur zu Hause hat die Mutter das Sagen, sondern auch in der Gemeinde. Sie dirigiert die Gläubigen nicht nur im Gemeindechor von Haßlieb, sie stutzt auch den Bürgermeister zurecht, wenn ihr eine seiner

Entscheidungen nicht passt, oder den Lehrer, wenn sie mit einer von Heinrichs Noten nicht einverstanden ist. Sie gab dem Vater auch vor, welche Partei er bei den gerade stattgefundenen Wahlen zu wählen hatte, welche Mitglieder der Kirchenrat haben sollte und natürlich, was Heinrich später einmal werden sollte. Sie ist es, die Hausbesuche macht, wenn ein Gemeindeglied einmal dreisterweise nicht im Gottesdienst erscheint. Der Vater macht eher die Hausbesuche bei den Kranken und Sterbenden.

Nach dem Mittagessen spült Heinrich die hölzernen Teller und Becher ab, während seine Eltern sich zur Mittagsruhe zurückziehen. Nach dem Spülen bricht seine Zeit an. Seine Zeit, in der er keine Aufgaben übertragen bekommt, seine Zeit, in der er machen kann, was er möchte. Erst wieder zum Sonntagstee muß er gestriegelt und in sauberen Kleidern erscheinen. Er zieht sich kurz um und rennt hinaus. Leise öffnet er die Schuppentür, ein Knarzen hätte ein wütendes Gebrüll seiner mittagschlafenden Mutter provoziert. Nachdem seine Augen sich an das Dämmerlicht des Schuppens gewöhnt haben, geht er langsam und mit beruhigender Stimme an das Faß, als plötzlich die Hölle losbricht. Krächzen, Flügelschlagen, aufgewirbelter Staub, Krächzen. Heinrich weicht zurück, stolpert dabei über ein am Boden liegendes Seil, knallt mit voller Wucht auf den Rücken, der Kopf schlägt auf den Boden.

Er weiß nicht, wie lange er so dagelegen hat, aber als er wieder aufwacht, ist es still um ihn. Nur ein leises Krächzen ist in der Nähe zu hören. Heinrich schaut sich um, dort auf dem Pflug sitzt die Krähe und schaut ihn an. Als sie bemerkt, daß er aufwacht, beugt sie den Kopf nach vorne und sieht ihn mit gedrehtem Kopf aus einem Auge an. Dabei läßt sie ein gutturales Krächzen hören. Es klingt ein wenig wie eine Entschuldigung.

Heinrich richtet sich auf, die Krähe schaut ihm dabei neugierig zu. Der Rücken tut ganz schön weh und am Hinterkopf hat er eine Beule. Er reibt sich die Schläfen, um wieder zu sich zu kommen, während die Krähe mit gedrehtem Kopf zu ihm hinunterschaut. Er hat nicht damit gerechnet, daß sie aus dem Faß entkommen kann, der Schreck sitzt ihm immer noch in den Gliedern.

Er setzt sich auf einen Hocker und schaut sie an. Die Krähe krächzt leise, dreht den Kopf und sieht ihn aus dem anderen Auge an. „Da hast Du mir ja einen ganz schönen Schreck eingejagt, Kleiner", sagt Heinrich, wobei er hofft, daß seine Stimme beruhigend klingt. Die Krähe schaut ihn an und hüpft von dem Rad des Pfluges herunter. Gelegentlich krächzend spaziert sie durch den Schuppen, wendet ihm immer wieder ein Auge zu, steckt ihren Schnabel in dieses Loch, inspiziert jene Gerätschaft genauer. Es sieht lustig aus, wie sie da so entlang spaziert und alles anguckt, Heinrich muß lachen. Das erregt die Aufmerksamkeit der Krähe. Sie unterbricht ihren Inspektionsrundgang und schaut ihn an. Doch nur kurz, dann ist sie schon hinter einem Wagenrad verschwunden und zieht mit dem Schnabel ein Stück Sack hervor. Das zerfetzt sie, zieht die einzelnen Fäden raus, hält es gleichzeitig mit ihren Krallen fest am Boden. Heinrich hält sich den Bauch vor Lachen, plötzlich geht die Tür auf und sein Vater steht da. Die Krähe springt mit einem erschrockenen Krächzen auf das Wagenrad, reckt den Schnabel und spreizt die Flügel.

„Was ist denn hier los? Wie konnte der Vogel aus dem Faß entkommen? Hast Du ihm etwa geholfen?", wird er gefragt.

„Nein, Herr Vater, als ich hereinkam war sie schon draußen und seitdem schaue ich ihr zu.", antwortet Heinrich.

„Dann will sie wohl nicht im Faß bleiben. Kein Wunder, so eng wie es darin ist. Du weißt ja, am Tag haben alle Tiere

am Liebsten viel Platz, nur in der Nacht sind sie gern eng beieinander und schützen sich dadurch gegenseitig. Auch die Krähen schlafen oft zusammen auf einem Baum. Nun gut, dann lassen wir die Krähe erst einmal draußen, aber achte darauf, daß die Tür immer verschlossen ist. Nun komm, gib den Schweinen den Kübel und dann mach Dich zurecht für den Sonntagstee, Du bist ja ganz schmutzig!"
Für Heinrich gibt es nichts Langweiligeres als den Sonntagstee. Er muß still dasitzen und dem Tratsch der Kirchendamen zuhören. Mit den Gemeindegliedern spricht seine Mutter Hochdeutsch, das betont ihren Status als Pastorenfrau. Mit ihm spricht sie, wenn keine Gemeindedamen in der Nähe sind, das Haßlieber Platt, das ihr als Müllerstochter eher liegt. Er antwortet natürlich auch auf Platt. Aber nun, beim Sonntagstee, darf er nichts sagen, nicht auf Hochdeutsch und schon gar nicht auf Platt, sich nur vorsichtig bewegen und auch dann nur mit ausgesuchten Manieren jeweils einen kleinen Happen der Erdbeertorte zum Munde führen. Zumindest die Torte entschädigt ihn ein wenig für diese Tortur. Er liebt Erdbeertorte und am meisten die, die seine Mutter macht. Ihm ist auch nicht erlaubt, mehr als ein Stück zu nehmen und dieses eine muß langsam, mit langen Pausen dazwischen gegessen werden. Zivilisiert, wie seine Mutter gerne betont, nicht schlingend wie ein Barbar.
Irgendwann ist diese Tortur vorüber, sein Vater entschuldigt sich mit noch zu tuender Predigt-Arbeit und auch Heinrich darf gehen, nachdem er sich artig bei den Damen der Sonntagsteegesellschaft verabschiedet hat. Schnell zieht er sich die guten Sonntagskleider aus und die normalen an, er kann nicht erwarten, zurück zur Krähe zu kommen. Heinrich weiß, daß sein Vater es sich derweil mit der Samstagszeitung bequem macht und genüßlich an einem Cognac nippt. Nach dem Gottesdienst macht er nie

Predigt-Arbeit. Heinrich schleicht sich noch in die Küche und schneidet ein kleines Teil der Erdbeertorte ab, das er sorgsam in der Hand verbirgt, während er runter zum Schuppen, zur Krähe geht.

Als würde er ein fremdes Zimmer betreten, klopft er vorher an und wartet kurz, bis ein Krächzen aus dem Schuppen signalisiert, daß er niemanden erschrecken würde. Er öffnet die Tür, gewöhnt seine Augen an das Dämmerlicht und setzt sich dann auf den alten Melkschemel. Die Krähe sitzt wieder auf dem Pflug, diesmal etwas höher. Er muß zu ihr hochschauen, während sie ihn mit geneigtem Kopf aus einem Auge neugierig ansieht und aufmunternde Laute von sich gibt. Mit langsamen Bewegungen steht Heinrich auf und legt das Stück Erdbeertorte an den Rand des Pflugrades, dann setzt er sich wieder hin. Er beobachtet die Krähe, wie sie abwechselnd ihn und das Tortenstück anschaut. Dann springt sie auf das Rad des Pfluges herunter, schaut weiterhin ihn und das Tortenteil abwechselnd an. Mit einem kurzen Krächzen segelt sie herunter auf den Boden, betrachtet das Ding von allen Seiten, wendet es mit ihrem Schnabel, wendet es nochmals. Schließlich hackt sie vorsichtig ein kleines Stück der Erdbeere heraus, schluckt es herunter, läßt ein gutturales Krah-Krah ertönen, schaut ihn an. Die Krähe wendet sich wieder der Torte zu, Heinrich sieht, wie ihre schwarze Zunge aus dem Schnabel heraus- und über den Tortenguß flitzt, dann schnappt sie sich ein größeres Stück, hebt den Schnabel und läßt es mit ruckenden Bewegungen darin versinken.

Kurze Verdauungspause, ein flüchtiger Blick zu Heinrich und weiter geht es. Binnen kürzester Zeit sind vom Tortenstück nur noch Krümel vorhanden, die mit peinlicher Sorgfalt aufgepickt und verspeist werden. Anschließend stellt sich die Krähe mit halb ausgebreiteten Flügeln hin, krächzt mit auf- und abhüpfendem Kopf, schaut dabei Heinrich an. Heinrich lacht, „mehr habe ich nicht für Dich, aber es scheint Dir ja geschmeckt zu haben." Die Krähe kommt in der gleichen Haltung auf den Jungen zu, es wirkt beinahe so, als wollte sie gestreichelt werden. Heinrich nähert langsam seine Hand dem Vogel und streichelt ihn dann ganz sanft über den Rücken, wobei er darauf achtet, nicht zu nah an den verletzten Flügel zu kommen. Als die Krähe weiterhin ihren Kopf auf- und abhüpfen läßt und ihn fragend anschaut, traut er sich noch einmal, den Rücken zu streicheln. Dabei hütet er sich vor ihrem Schnabel, denn ihm ist bewusst, daß diese scharfe Waffe sehr schmerzhaft eingesetzt werden kann. Zufrieden wendet sich der Vogel ab, springt wieder auf das Rad des Pfluges und von dort auf dessen nach oben gerichteten Handgriff. Mit einem lauten, vergnügten Krächzen läßt sie aus ihrem After ein weiße Masse fallen und guckt ihn erneut von oben herab mit geneigtem Kopf an. Sie schauen sich an, der Menschenjunge von unten, die Krähe von ihrem sicheren Platz nach unten. Da geschieht etwas, das Heinrich sehr überrascht: Die Krähe flattert zu Boden, mit Schwung springt sie von dort auf den Rand des Faßes, schaut ein paar Momente rein, läßt sich hineinfallen und krächzt dann von innen.

„Das ist also jetzt Dein Nest, mein Kleiner" sagt Heinrich beim Aufstehen und wirft von oben einen Blick in das Faß hinein. Dort steht die Krähe, sieht ihn mit geneigtem Kopf aus einem Auge an und krächzt wie zur Bestätigung. Heinrich schaut sie weiterhin an. Als sie sich nicht rührt und nur weiterhin gelegentlich krächzt, nimmt er den Deckel und legt ihn auf das Faß. Aus dem Inneren ertönt noch ein kurzes Krah, danach ist es ruhig.

Heinrich schließt sorgsam die Schuppentür. Auch wenn der Deckel auf dem Faß ist, möchte er nicht, daß die Katze oder einer der Hofhunde hineinkommt. Die sind zwar meist angekettet, aber wenn sie doch mal frei laufen, könnten sie die Krähe arg beunruhigen. Da es langsam Abend wird, lockt er noch schnell die Hühner in ihren Käfig, die Schafe in den Stall, treibt die Schweine hinterher und beendet den Auslauf der Kühe. Er überprüft kurz die Ketten der Hunde, gibt ihnen Futter und geht dann hoch, denn die Mutter ist bestimmt schon bei der Zubereitung des Abendessens. Sie ist immer weniger streng, wenn er ihr dabei hilft und so ein bißchen hat er schon ein schlechtes Gewissen, daß er ein kleines Stückchen Torte für die Krähe abgezweigt hat.

Das Abendessen beginnt wie jede Mahlzeit mit dem Absingen eines Chorals, meist „Komm Herr Jesu sei Du unser Gast". Obwohl der noch nie an der Tür geklopft hat. Eher arme Landstreicher, die die Mutter barsch abweist, denen der Vater aber ein Stück Brot oder Schinken zusteckt. Mutter hält nicht viel von „Liebe Deinen Nächsten", sie ist mehr der „Jedem das, was er verdient"-Christ.
Mutter ist es auch, die Heinrich nach dem Abendbrot ins Bett schickt, sie selbst läßt den Sonntag ausklingen, indem sie noch ein wenig in der Bibel liest, während der Pastor sich die Zeitung vom Samstag ein weiteres Mal vornimmt und sich den Rest der Cognacflasche zu Gemüte führt.

Mit den ersten Sonnenstrahlen springt Heinrich aus dem Bett. Nach einer schnellen Wäsche am Waschtisch zieht er seine Schuluniform und seine Brille an, schaut unauffällig in der noch leeren Küche vorbei und läuft hinaus. Die Kühe müssen gemolken, die Hühner, Schweine und Schafe aus dem Stall auf die noch vom Regen nasse Wiese gelassen, die Tränke gefüllt werden. Nachdem er seine täglichen Aufgaben erfüllt hat, klopft er wieder zweimal an die Schuppentür. Er will die Krähe nicht erschrecken. Ein etwas gedämpftes Krächzen zeigt ihm an, daß auch die Krähe schon wach ist, er geht hinein und nimmt den Deckel vom Faß. Da unten drin steht der Vogel und schaut ihn erwartungsvoll mit geneigtem Kopf an. Heinrich wirft ihm vorsichtig den eben aus der Küche stibitzten Brotkanten zu, murmelt noch kurz „Guten Appetit, ich muß los", legt den Deckel neben das Faß und schließt sorgfältig die Schuppentür.

Er geht zurück in die Küche, wo seine Mutter mit der Zubereitung des Frühstücks beschäftigt ist. Heinrich schlingt es schnell herunter, trinkt seine Milch dazu, er ist schon spät dran. Beim Hinauslaufen schnappt er sich seine Schultasche, seinen Vater sieht er morgens nie. Unten auf dem Weg vor dem Haus wartet er auf seine Schulkameraden. Der Nachbarbauer Heinz öffnet gerade sein Hoftor und hebt grüßend die Hand „Gueten Muorn, min Jong". Gern hätte Heinrich ein paar richtige Freunde, Freunde die draußen auf ihn warten würden. Doch als Sohn des Pastors, ohne Muskelpakete, mit Brille und O-Beinen muß er schon eher froh sein, wenn er die anderen Dorfjungen auf dem Schulweg begleiten darf, daß sie ihn mal nicht hänseln.

Auf dem kurzen Schulweg setzt Heinrich seine Begleiter über die neuesten Entwicklungen im Pfarrhaus in Kenntnis. Eine Krähe ist schon was Besonderes. Der Sohn vom Bürgermeister hat einen zahmen Star, der Sproß des Kolonialwarenhändlers ein weißes Kaninchen und der Apothekersohn, den sie auf dem Weg zu Schule treffen, verbirgt vor seinem Vater eine zahme Ratte. Aber eine Krähe hat niemand, auch niemand, den sie kennen. Heinrich erzählt, daß die Krähe sich sogar streicheln läßt. Alle können das Schulende kaum erwarten, können kaum erwarten, endlich dieses ungewöhnliche Tier mit eigenen Augen zu sehen.

Doch davor steht der Unterricht. Schulmeister Beuermann unterweist seine beiden Klassen gleichzeitig. Wobei die Unterweisung sich darauf beschränkt, daß er den auf der linken Seite sitzenden Kindern von sechs bis acht Jahren die Seite im Schulbuch vorgibt, ab der sie laut lesen sollen und die älteren auf der rechten Seite die an der Tafel stehenden Mathematik-Aufgaben auf ihren Schiefertafeln lösen müssen. Der Schulmeister geht mitunter durch die Reihen, ermahnt unruhige Schüler oder schlägt dem einen oder anderen, der nicht bei der Sache ist, mit dem Stöckchen auf die Finger. Nach einer Stunde wird getauscht. Der Lehrer schreibt Aufgaben für die Jüngeren an die Tafel und die Älteren müssen gemeinsam laut vorlesen. So zieht sich der Tag in der Volksschule hin. Heinrich versucht nicht aufzufallen, löst die Aufgaben in Ruhe und liest mit gesenkter Stimme vor. Hauptsache das Stöckchen trifft ihn nicht. Als der Schulmeister endlich die Glocke läutet, packt er seine Sachen in die Schultasche und geht zusammen mit den anderen raus. Auf dem Weg nach Hause läßt er sich bewußt Zeit. Um die anderen noch ein wenig auf die Folter zu spannen, bleibt er gelegentlich stehen, um gestikulierend etwas zu erklären. So oft steht Heinrich nicht im Zentrum des Interesses, das muß man auskosten.

Als sie schließlich an der Schuppentür angekommen sind, klopft er sachte und wartet das zustimmende Krächzen von innen ab, bevor er die Tür langsam öffnet. Seinen Schulkameraden schärft er ein, ja draußen zu bleiben und keine schnellen Bewegungen zu machen. Die Krähe sitzt wieder auf den Griffen des Pfluges und schaut ihn neugierig an. Sobald sie die anderen entdeckt, spreizt sie die Flügel und reckt angriffslustig den Schnabel. Heinrich nähert sich mit ruhiger Stimme und Worten seinem Melkschemel, wobei er die Krähe nicht aus den Augen läßt. Mit dem Klang seiner Stimme scheint sich der Vogel zu beruhigen, Er klappt die Flügel wieder ein, wobei der rechte ein wenig absteht. Abwechselnd schaut die Krähe ihn und seine Freunde vor der Tür an. Dann nimmt sie sich ein Herz, springt hinunter auf das Rad des Pfluges und dann auf den Boden. Sie stellt sich wieder vor ihn, senkt den Körper, läßt den Kopf krächzend auf und ab hüpfen. Sie will wohl wieder gestreichelt werden. Den Gefallen tut Heinrich ihr gern, vor allem, da die Dorfkinder staunend zuschauen. Dann scheint sich der Vogel für seine Stiefel zu interessieren, hackt erst vorsichtig und dann immer härter darauf herum, bis er ihm Einhalt gebietet. Wenn die Stiefel kaputt gehen, wirft die Mutter seine Krähe hochkant raus, Flügel geheilt oder nicht. Langsam erhebt er sich, der Vogel schaut ihn dabei an. Langsam und unter beruhigenden Worten geht er rückwärts aus dem Schuppen und schließt die Tür hinter sich, während die Krähe auf ihren alten Platz zurück hüpft.

Als Heinrich noch den anderen Dorfkindern vor der Schuppentür erklärt, was da gerade passiert ist, ruft ihn schon seine Mutter von oben zu den Hausaufgaben, auf Hochdeutsch. Eine kurze Verabschiedung von den Schulkameraden, Stiefel vor der Treppe ausziehen und ab nach oben. Später wird er noch nach der Krähe schauen, aber was das umgehende Erledigen der Schulaufgaben angeht, versteht die Mutter keinen Spaß. Wie eigentlich bei allem anderen auch.

Nachdem dann später die Aufgaben erledigt und die Tiere versorgt sind, klopft er noch einmal an die Schuppentür und öffnet sie nach dem bestätigenden Krächzen. Er verharrt im Türrahmen, um seine Augen an das Dämmerlicht zu gewöhnen, sieht die Krähe aber nirgends.

Plötzlich hüpft sie an seinen Beinen vorbei ins Freie, flattert zum Trog. Dort stellt sie sich auf die Kante und schlürft, indem sie ihren Schnabel ins Wasser taucht und ihn dann nach oben reckt, hinein taucht und hoch reckt. Heinrich bekommt einen Schreck. Den Hühnern, Schafen, Kühen und Schweinen gibt er immer Wasser, nur die Krähe hätte er fast verdursten lassen. Er beobachtet sie, wie sie durstig aus dem Trog schlürft. Und wenn sie nun nicht zurück in den Schuppen will? Vorsichtshalber holt Heinrich eine alte, angeschlagene Schüssel, füllt sie mit Wasser und stellt sie in den Schuppen. Die Krähe hat mittlerweile ihren Durst gestillt, sitzt auf dem Rand des Troges, schaut ihn an und krächzt triumphierend. Was tun? Der Vogel nimmt ihm die Entscheidung ab, springt vom Trog und hüpft an ihm vorbei zurück in den Schuppen. Dort hüpft er auf den Rand des Faßes und läßt sich hinein gleiten.

Kapitel 7

Es ist so schön, den Wind unter den Flügeln zu spüren, auch wenn ich jetzt hier nur auf einem Ast der Linde sitze und die Flügel ausbreite. Das erinnert zumindest ein wenig ans Fliegen, ans Gleiten in den Winden. Ich probiere es ja immer wieder und es wird immer besser. Aber die Baumkronen sind noch unerreichbar.

Das Menschenküken hatte mir schon einen heftigen Schreck eingejagt. Erst schlich es sich an und weckte mich aus dem Tiefschlaf, so daß ich von dieser komischen Gerätschaft fiel. Dann lag es plötzlich wie tot da und ließ sich nicht mehr wecken. Das ging mir schon bis in die Krallen.

Vor allem, da das Kleine mir ja auch nichts Böses wollte. Ich hüpfte also um ihn herum und stieß ihn mit meinem Schnabel an, nichts, kein Lebenszeichen. Auch als ich gegen seine Krallen stieß, rührte sich das Kleine nicht. Ganz schön kräftige Krallen haben diese Menschen. Unten ganz fest, eine komplette Einheit, statt wie bei uns vier einzelne Krallen. Kein Wunder, daß die Menschen von den Bäumen fielen, wenn sie versuchten, unsere Eier zu stehlen. Mit so einer Fläche konnte man sich doch nicht an einem Ast festhalten. Aber gut, das Junge war schließlich aufgewacht, setzte sich hin und sprach mit mir. Gerade als ich anfing, mich an es zu gewöhnen, kam der Große rein und hatte mich erschreckt. Ich ging also gleich in Verteidigungsstellung. Dann sind sie zusammen wieder verschwunden. In der Zeit danach habe ich erst mal meine Umwelt genauer in Augenschein genommen. Alles tote Gegenstände, keine Pflanzen, nur den einen oder anderen Käfer und ein paar Spinnen, die ich mir einverleibte. Auch ganz lecker.

Das Beste war, als das Menschenjunge wieder erschien. Da legte er mir doch tatsächlich so ein Teil mit Rotbeeren vor. Und dann auch gleich so ein großes Stück, zwei Schnäbel groß! Ich bin ja vernarrt in Rotbeeren. Im Wald hatten wir einige davon, die waren aber ziemlich selten und viel kleiner. Um an die großen Beeren ranzukommen, mußten wir in die Menschengärten, wo die Menschen uns natürlich versuchten zu vertreiben, oft mit ihren Schießstöcken. Meistens waren die reifen Beeren da eh schon abgeerntet, das Risiko war also groß und die Chancen auf Erfolg gering. Das hieß aber nicht, daß wir es nicht immer wieder riskierten.

Aber das Teil vom Menschenküken war nicht einfach eine Rotbeere, sondern viel mehr, mit leckerem Glibber und Teig dran. Ihr könnt euch kaum vorstellen, wie lecker das war. Da habe ich ihn mich sogar streicheln lassen. Glaubt ja nicht, daß das normal für uns Krähen ist. Das habe ich noch nie einen Menschen machen lassen, aber ich hatte schon so lange keine Zuneigung mehr erfahren, meine Verwandten schon lange nicht mehr gesehen und mir schon lange keine Milben mehr aus den Federn picken lassen. Das Kleine hat das dann auch ganz gut gemacht und als ich ihm beigebracht hatte, daß ich lieber in der Sicherheit des Faßes schlafen möchte, hat er das auch schnell kapiert. Nicht dumm, dieses Menschenjunge.

Was er nicht kapiert hat, war, daß eine ausgewachsene Krähe nicht nur was zum Futtern braucht, sondern auch was Trinkbares. Ich hatte also einen Scheißdurst. Plötzlich tauchte der Junge mit anderen Menschenjungen auf und ich konnte noch nicht mal aus dem Gebäude, um etwas von dem Regen zu schlecken, den ich in der Nacht gehört hatte. Als er dann das zweite Mal kam, habe ich meine Chance genutzt und bin so schnell raus, wie sich ein Habicht auf eine Maus stürzt. Raus, raus, raus. Egal ob da Katzen waren oder nicht, Hauptsache trinken, trinken, trinken!

Das war ihm eine Lehre, er hat mir gleich so was wie einen hohlen Baumstumpf aus Stein mit Wasser hingestellt. Nicht dumm, dieses Menschenjunge. Das sind halt die Sachen, die geregelt werden müssen: Sicheres Nest, regelmäßiges Essen und Trinken. Anschließend kann man sich Gedanken über den Rest machen.

Mittlerweile hatte sich alles ganz gut eingespielt: morgens wurde die Abdeckung von meinem Nest aufgemacht, Essen und Trinken hingestellt, ich konnte mich in der Menschenhöhle frei bewegen, manchmal durfte ich auch nach draußen. Der Flügel war inzwischen nicht mehr schlimm, ich konnte sogar schon vierkrähenhoch selber flattern und von dort runter segeln. Das war zwar nicht das herrliche Fliegen, nicht das wilde In-Luftlöcher-Fallen-Lassen, nicht das Bezwingen eines Sturmes, doch es war Luft unter den Flügeln.

Auch mit den Menschen hatte ich mich soweit angefreundet. Mit dem Menschenjungen sowieso, aber auch mit dem einen Ausgewachsenen mit den kurzen Federn am Kopf. Das andere Ausgewachsene, das Beine wie ein Tannenbaum hat, wird jedes Mal laut, wenn es mich draußen sieht. Anfangs schrie ich dann dagegen an. Die Folge war stets, daß ich in meine Höhle zurück mußte. So gehe ich diesem mittlerweile immer aus dem Weg, bin ganz ruhig, wenn ich es sehe.

Ein paar Gefährten meines Schwarmes habe ich auch schon erspäht, wie sie über mich hinweg segelten. Ob sie mich gesehen oder mein Rufen gehört haben, weiß ich nicht. Keiner hat umgedreht, hat nach mir geschaut, einfach weiter geflogen sind sie. Von daher nehme ich die Menschen erst einmal als meinen Schwarm an. Die habe ich mir, bis auf das Exemplar mit den Tannenbaumbeinen (das ist wahrscheinlich ein Weibchen), ganz gut erzogen. Sie geben mir Essen und Trinken, streicheln mir über den Rücken. Mit den anderen Tieren verstehe ich mich auch ganz gut. Der Katze habe ich gezeigt, wo der Hammer hängt. Seitdem haut sie immer ab, wenn sie mich sieht. Die Hühner, Schweine, Kühe und Schafe haben mich ebenfalls akzeptiert. Manchmal mache ich mir einen Spaß daraus, die Viecher mit dem Menschenküken zusammen in die Viecher-Höhlen zu treiben.

Einen anderen netten Menschen habe ich auch schon kennengelernt. Ich war über die Ebene aus Stein gelaufen, die sich hier zwischen den Menschenhöhlen befindet, um mein Revier kennenzulernen. Auf der anderen Seite der Wiese war eine Hecke, auf die ich drauf flattern konnte. Von da bin ich runter gesegelt. Der Hofköter hat mich angekläfft. Gut, daß die Menschen ihre Hunde mit harten Schlingpflanzen festmachen. Da können die Dinger bellen so viel sie wollen, sie kommen nicht an mich ran. Seinen Menschen habe ich dann auch gleich gesehen, der stand mit einem gespaltenen Ast an diesem großen, stinkenden

Haufen aus Stroh und Viehdung. Der Mensch hat mich zunächst erschreckt, er hatte was Rauchendes im Schnabel. Aber ihn schien nicht zu interessieren, daß ich da war. Er hat weiter in diesem Haufen gewühlt. Ich verstehe nicht, warum die Menschen die Scheiße von ihren Tieren aufheben. Er war damit beschäftigt, während ich mich erst einmal umschaute. Der Köter hörte auch auf zu kläffen, als er merkte, daß sein Herrchen mich nicht beachtete. Er schaute mich nur noch neugierig an und wedelte mit seinen Schwanzfedern. Der Mensch hörte auf, in dem Haufen rumzuwühlen und schaute mir dabei zu, wie ich das Äußere seiner Behausung inspizierte. Da standen ein paar interessante Gerätschaften herum, aber ich wollte nicht zu lang dort verweilen, flatterte also wieder auf die Hecke und zurück zur Behausung meines neuen Schwarms. Als ich ihn ein paar Sonnenaufgänge später noch einmal besuchte, hat dieser Mensch mir auch was zum Fressen hingelegt, schön auf den Boden. Dabei hat er mich angeschaut und ist dann zurückgegangen. Ich habe mir das natürlich gleich geschnappt und zu Schnabel geführt, super lecker. Seitdem bekam ich meistens was, wenn ich dort vorbei schaute und er da war. Der Hund hatte sich auch an mich gewöhnt und bellte nicht mehr.

Wenn ich hier auf der Linde sitze und immer weiter nach oben flattere, dann kann ich in seine Behausung hineinschauen, auf die graslose Wiese vor seiner Höhle mit dem Misthaufen drauf. Das ist praktisch, dann sehe ich, wenn er nach Hause kommt und kann ihn gleich begrüßen und ihm andeuten, daß er mir was Eßbares zukommen lassen sollte. Die Linde ist schon ganz schön groß, ich flatter mal noch ein bißchen höher. Von dem Ast da drüben kann ich bestimmt besser sehen, ein kurzer Sprung, oh nein, es reicht nicht, ich falle! Oh! Ich falle nicht, ich kann wieder fliegen, ich kann wieder fliegen, wieder fliegen kann ich!!!

Wind unter meinen Flügeln, eine Runde um die Linde, besser noch keine komplizierten Flugmanöver, einfach wieder landen. Boah, tat das gut. Kann ich wieder fliegen? Ich krieg mich gar nicht mehr ein! Ich kann wieder fliegen, ist das schön! Ich krächze mein Glück in die Welt hinaus! Soll das ganze Tal es hören, denn ich kann wieder fliegen! Vor Freude drehe ich noch eine Runde um die Linde und dann eine über die Höhle vom Menschenkind und dann noch eine um die Linde. Warum? Weil ich's kann!

Aber ich flieg noch nicht wieder zurück zu meinem Schwarm. Jetzt, wo ich mir die Menschen so gut erzogen habe, bleibe ich noch ein wenig bei ihnen. Ich übe fleißig das Fliegen und dann schau ich mal bei meinen Eltern vorbei, nur um Hallo zu sagen. Die haben mich bestimmt schon abgeschrieben. Kräheneltern vergessen zwar nie, aber die beiden müssen sich ja auf meine Geschwister konzentrieren. Wenn ich mir sicher bin, die Strecke zu schaffen, schaue ich mal vorbei.

Kapitel 8

Mittlerweile hatte ich vorbei geschaut, war das ein Erstaunen, aber ich erzähle mal schön der Reihe nach.
Zunächst habe ich eher zaghafte Runden gedreht, um die Bäume herum und über die Höhlenansammlung der Menschen komplett drüber. Auch mal auf die hohe Höhle drauf, aus der oft diese komischen lauten Töne kommen, die unters Gefieder gehen und die Erde beben lassen. Abends bin ich immer schön in meine Höhle zurückgekehrt, habe mich streicheln und mir Futter geben lassen. Um die Menschen bei Laune zu halten, war ich auch ziemlich oft auf dem Boden. Bin halt in die Nähe geflogen und dann zu ihnen rübergegangen. Das Menschenjunge war immer morgens ganz weg, es ging dann mit anderen Küken in eine

andere Höhle. Da hatte ich auch mal vorbeigeschaut, aber da waren mir dann doch zu viele von den Menschenjungen auf einmal. Die konnte man nicht alle im Auge behalten und wenn dich alle gleichzeitig streicheln wollen, dann ist das schon ganz schön kritisch. Ich hatte es dann so geregelt, daß ich den Kleinen immer zu Hause erwartet habe, wenn er von der anderen Höhle zurück kam und die anderen Küken weg waren. Die Zwischenzeit habe ich mir damit vertrieben, ein bißchen herum zu fliegen, mal bei dem Menschen mit dem rauchenden Schnabel und dem Hund vorbei zu schauen und gelegentlich habe ich auch nach meinem eigenen Schwarm gesehen. Denen habe ich immer ein Stück Brot, oder was mir die Menschen sonst so gegeben hatten, mitgebracht. Beim ersten Mal war ich noch sehr gespannt, wie mich meine Eltern aufnehmen würden. Und ja, es war eine Heiden-Überraschung für sie. Sie saßen gerade mit dem Rest des Schwarmes in einem Baum am Rande eines Feldes, um ein Schwätzchen zu halten, als ich mit Brot im Schnabel angeflogen kam. So richtig bemerkt haben sie mich erst, als ich neben ihnen auf einem Ast landete. Das erstaunte Krächzen des Schwarmes im Baum hat durch das ganze Tal gehallt, ich mußte mit jedem Mitglied erst einmal Schnabel reiben.

Es war schön, wieder heim zu kehren, die ganzen alten Schnäbel mal wieder zu sehen, die mich samt und sonders schon für tot gehalten hatten. Natürlich mußte ich meine Geschichte auch hundertmal erzählen, bis ich nicht mehr krächzen konnte. Interessiert hat es sie alle, wie die Menschen mich behandeln. Da waren sie doch sehr erstaunt, daß ich von denen nicht verscheucht, sondern gefüttert wurde und daß sie mich nicht zu vergiften versuchten. So mancher hat mir das nicht geglaubt, das war mir auch egal. Ich brachte denen immer einen Brotkanten oder so mit. Das waren Leckerlis, die sie sonst nicht bekamen.

Bei den Mädels war ich damit natürlich ganz weit oben in der Gunst. Eine Krähe, die den sicheren Tod überlebt hatte, immer Leckerlis mitbrachte und dazu auch noch so verdammt gut aussah, die gab es im ganzen Umkreis nicht. Eine meiner Cousinen tat sich besonders hervor. Das war aber auch ein schmuckes Ding: schöner langer Schnabel, langer Hals, gerade Beine bis zum Boden, wunderschöne Krallen, plüschig befiederte Brust und Schwanzfedern zum anknabbern. Ihr könnt Euch denken, was das für ein schmuckes Weibchen war. Die Krönung war, daß sie eine weiße Feder im linken Flügel hatte. Das hat mich extrem angemacht, ich mußte da immer hinstarren. Ihr war wohl auch schon aufgefallen, daß ich so oft zu ihr blickte, sie setzte sich immer neben mich, wenn ich mal wieder da war. Und ich achtete auch stets darauf, daß noch etwas Brot für sie übrig blieb. Als alter Charmeur weiß ich schon, wie man Weibchenherzen erobert, glaubt mir!

Mein Radius hat sich jetzt deutlich erweitert, ich fliege, wohin ich will. Dadurch, daß ich nicht an einen meiner Schwärme gebunden bin, muß ich auf niemanden Rücksicht nehmen und kann fliegen, soweit der Wind mich trägt.

Kapitel 9

Schnaufend, mit quietschenden Bremsen fuhr der Zwölfuhrzug träge in den Bahnhof von Gretenbach ein, hüllte sie in eine Wolke aus Dampf und Kohlenrauch. Der scharfe Geruch nach dem Stahl der gequälten, ihr Leid heraus kreischenden Bremsen stieg Louise in die Nase. Sie liebte diese Ankünfte, diesen Wirbelwind aus Eisen, Kohle und Dampf, der die auf dem Bahnsteig versammelten Menschen mitnahm und Ankömmlinge ausspie. Der für einige Minuten den ruhigen, verschlafenen Bahnhof von Gretenbach in einen geordneten, dampfdurchwirkten Ameisenhaufen verwandelte, ein Gewimmel aus Abschieden und Ankünften. Ein Chaos, in dem ihr Vater die Ordnung aufrecht erhielt, dem ihr Vater die Struktur gab.

Ein Chaos, dessen Ende ihr Vater mit einem kräftigen „Abfahrt! Bidde aahl neisteige!" einleitete und so zu einem letzten Höhepunkt verhalf: Dem Türenknallen, den letzten Abschieden an den geöffneten Fenstern, den Paaren, die sich nicht trennen wollten und die doch durch den lauten Pfiff aus der Pfeife des Bahnhofsvorstehers getrennt wurden. Der Pfiff, der den Lokführer aus dem Kohlentender herausspringen und im Führerhaus verschwinden ließ. Der Pfiff, der das Orchester der gelockerten Bremsen, das Schnaufen der rußschwarzen Dampfmaschine, das Klackern der Achsen ertönen ließ. Einem in Qualm gehüllten Dirigenten gleich schaute ihr Vater noch den rumpelnden Waggons des abfahrenden Zuges nach, bis die Quelle dieser Sinfonie in der Ferne verschwunden war und verschwand selbst in das Büro des Bahnhofvorstehers.

Louise liebte diese Sinfonie aus Lärm und Qualm, sie begleitete Louise schon ihr ganzes Leben lang. Die ersten Geräusche, auf die sie reagierte, waren die einfahrender

Züge, erzählte mir ihre Mutter in einer der wenigen weichen Momente, in denen sie mit mir sprach. Sie saß auf einer Bank des Bahnhofvorplatzes und schälte Kartoffeln. Kartoffeln, deren Schalen ich mir zuweilen schnappte, um sie zu verschlingen. Sie redete mehr zu sich selbst als mit mir, erzählte wie sich Louise als Säugling jedesmal in ihrer Wiege Richtung Bahngleise rollte, wenn ein Zug einfuhr. Wie sie als kleiner Steppke zum Fenster an den Gleisen robbte, sobald sie den fernen Pfiff einer Lokomotive hörte. Wie sie ins Zimmer eingeschlossen werden mußte, weil ihre ersten Schritte immer schneller und immer Richtung Zug gingen. Wie ihre Mutter Louise einmal im letztem Moment aus dem Getümmel der Fahrgäste ziehen mußte, damit sie nicht totgetrampelt wurde. Als sie davon erzählte, war es einer der wenigen Momente, in denen Louises Mutter mich nicht verscheuchte, nicht mit dem Besen nach mir schlug, mich nicht als Satansbraten beschimpfte. Die Kartoffelschalen schmeckten gleich viel besser und die Mutter meiner besten Freundin war in dem Moment auch meine Freundin.

Doch in diesem Moment, an dem der Zwölfuhrzug gerade den Bahnhof verließ, kannte ich Louise noch nicht, wußte nicht, daß ihre Mutter mich dereinst mit dem Besen über den Platz jagen und mir an einem anderen Tag Kartoffelschalen zuwerfen würde. Am Mittag dieses Frühlingstages zog ich noch beschwingte Kreise über den Feldern Gretenbachs, sammelte Äste für mein erstes eigenes Nest und genoß die Ungebundenheit des Lenz in vollen Zügen. Mit gewagten Flugmanövern und mit meinem riesigen (wenn auch wenig stabilen) Nest in einer prächtigen Eiche versuchte ich meine schmucke Cousine zu beeindrucken. Aber eigentlich wollte ich ja von Louise erzählen, nicht von mir.

An diesem Tag nahm Louise, wie an jedem anderen Wochentag auch, ihre Schulmappe von der Sitzbank auf Gleis 1. Sie legte die Mappe immer dort unterm Vordach ab, auf der Bank, die direkt unter dem Fenster des Schalterraums stand. Es gab ihr ein Gefühl der Sicherheit, als ob jemand ein Auge auf diese Schulmappe haben würde, auch wenn der Schalterraum leer war.

Sie nahm die Schulmappe, winkte ihrem Vater im Büro zu (der sie ignorierte, da er gerade mit dem Empfang eines Telegramms beschäftigt war), ging in die Wartehalle, winkte huldvoll dem verwaisten Schalterraum zu und stieg gemessenen Schrittes, einer Königin gleich, die steile Holztreppe zum Privatquartier des Bahnhofsvorstehers hinauf. Die Königin kehrte in ihr Reich zurück, denn der Bahnhof war Louises kleines Reich, über das sie beim Erreichen des Fensters im ersten Stock immer noch einen kurzen Blick schweifen ließ. Das Vordach, die Gleise, die Böschung und der kleine Pfad in den Wald auf der anderen Seite: ihr Reich. Ihre Blicke wendeten sich den Privatgemächern zu, doch beim Betreten der Küche wurde die kleine Königin von der Königinmutter sogleich unwirsch vertrieben. „Warum mussde denn als mit dei dreggige Schlappe neilaufe? Lernste das net mehr? Ziehde Schlappe un Gamasche uss, bevor de hier rinnekummst!"

Wieder zurück auf dem Boden der Wirklichkeit einer frisch geputzten Wohnung, kehrte die Erstklässlerin Louise ins Treppenhaus zurück, zog sich dort das dreckige Schuhwerk aus und warme Schaffell-Hausschuhe an. Ihre Schaffell-Hausschuhe waren an den Sohlen blank gewetzt, sodaß sie auf ihnen in unbeachteten Minuten durch die frisch-gebohnerte gute Stube oder sogar durch den Warteraum des Bahnhofs gleiten konnte wie auf Eiskufen.

Mit gleitenden Schritten ging sie zurück in die Küche, setzte sich an den großen Eßtisch, auf dem noch die letzten Zeugen der Vorbereitungen für das Mittagessen standen. Messer, Schalen, Gemüsereste bedeckten den soliden, eichenen Tisch, dessen viele Narben von unzähligen gemeinsamen Essen, fehlgeleiteten Bastelversuchen Louises und den gelegentlichen Wutausbrüchen des Vaters erzählten, wenn die morgendliche Zeitung wieder über die Unverschämtheiten der Parlamentsmitglieder gegenüber dem Kaiser berichtete.

Die Mahlzeit lief wie immer ab. Mutter sprach alleine das Tischgebet, Vater schwadronierte beim Essen über Politik und die Geschicke der Bahn, Mutter fragte zwischendurch nach, wie es in der Schule gewesen war, der Vater verabschiedete sich, weil er noch zu tun hatte, nahm den Kaffee mit in sein Büro. Ihre Mutter und sie machten kurz den Abwasch, danach setzte sich Louise an den Küchentisch, um Hausaufgaben zu machen. Hatte sie die fertig, nahm sie wie immer einen Zettel und einen Stift und zog barfuß durch den Wald oberhalb des Bahnhofs. Sie sammelte schöne Pflanzen, übte auf einer kleinen Lichtung Buchstaben zu schreiben, schaute den Schmetterlingen zu und genoß die Freiheit, genoß das Leben. Nach ein paar Stunden kehrte sie zum Bahnhof zurück, tauchte dort in das Chaos des ankommenden Abendzuges ein, aß das Abendbrot mit ihren Eltern, gab Mutter und Vater einen Gutenachtkuß und schlief den Schlaf der Unschuldigen.

Soweit war das ein ganz normaler Tag im Leben der kleinen Louise. Warum ich davon erzähle? Weil das der Tag war, an dem ich ihr zum ersten Mal begegnete. Sie sah mich nicht, aber ich sah sie auf der Lichtung sitzen. Sah, wie sie Blumen pflückte, den Schmetterlingen hinterher lief und während sie Zeichen auf diese weißen Blätter malte, schaute ich ihr von einem nahen Ast über die Schulter.

Als sie den Pfad zurück zu ihrer Menschenhöhle ging, folgte ich ihr, ohne daß sie mich bemerkte. Leider lag ihre Höhle direkt neben den glänzenden Spuren von diesen schwarzen Monstren. Vor den Dingern hatte ich einen Heiden-Respekt, daher blieb ich auf Abstand. Und nur zu Recht, denn schon nach kurzer Zeit kam so ein schauriges Ungetüm an. Da bin ich dann doch lieber ganz schnell zu dem anderen Menschenküken in meine sichere Höhle geflogen.

Nach dem nächsten Sonnenaufgang flog ich wieder dahin, wo ich die kleine Louise am Vortag gesehen hatte. Ich kann nicht sagen, was es war, aber irgendetwas an ihr zog mich an. Obwohl sie sich so tapsig bewegte, wie alle Menschen sich bewegen, obwohl sie die Schmetterlinge nicht mal gefangen, geschweige denn verspeist hatte und obwohl sie wie der andere Mensch bei meiner Höhle einen Tannenbaum statt Beine hatte. Was mir allerdings aufgefallen war, waren ihre Krallen. Ich bin ja Krallenfetischist, das gebe ich gern zu. Wenn der Schwarm im Baum sitzt, schaue ich gern nach oben, um mir die Krallen der anderen von unten anzuschauen. Nicht, wie die anderen, um unter die Schwanzfedern zu lugen, die Krallen faszinieren mich. Und bei Louise war das ganz speziell. Anders als die anderen Menschen hatte sie da keine Pfoten als feste ledrige Fläche, sondern auch einzelne Krallen. Daher wollte ich sie wiedersehen, mir mal genauer anschauen. Irgendwie hatte ich das Gefühl, daß auch sie ein guter Mensch ist. Und vielleicht konnte ich sie ja ebenso dazu bringen, mich zu füttern. Als sie viele Flügelschläge später in Sichtweite kam, beobachtete ich sie genau. Sie setzte sich wieder auf die Wiese und holte diese komischen weißen Blätter heraus, die schon beim ersten Mal mein Interesse erregt hatten. Da konnte ich gar nicht anders, als zu ihr hinzufliegen, ein paar Meter entfernt von ihr zu landen und dann zu ihr zu gehen. Das mußte ich mir mal genauer anschauen. Natürlich habe ich das mit ganz viel Ruhe gemacht, schnelle Bewegungen erschrecken die Menschen.

Ähnlich wie das andere Menschenjunge fing Louise an, diese gurrenden Laute von sich zu geben. Ich weiß nicht, warum die Menschen das machen, aber ich blieb stehen, schaute sie an und krächzte ein Hallo. Dann ging ich langsam weiter auf sie zu, behielt sie dabei natürlich immer im Auge, aber war vor allem gespannt auf diese weißen Blätter. Die hatte sie mittlerweile abgelegt, leider auf die andere Seite, sodaß ich sie nicht mehr sehen konnte. Also ging ich mit beruhigendem Krächzen hinten um sie herum und näherte mich den Blättern. Sie waren groß, größer sogar als die Blätter des alten Ahorns am Berghang. Und sie waren eben, nicht so geriffelt wie andere Blätter, und auch ohne Strunk in der Mitte. Dafür hatten sie unnatürlich gerade Linien drauf. Ich schaute sie mir genau an, dann hob ich eines vorsichtig mit der Seite meines Schnabels an, damit es nicht so aussieht, als wollte ich damit wegfliegen. Louise machte immer noch diese gräßlich-gurrenden Geräusche. Die Menschen können wohl nicht anders.

Ein bißchen konnte ich das Blatt anheben und sehen, daß auf der anderen Seite die gleichen Linien waren, es war auch nicht schwer. Ich ließ es wieder zurück sinken und ging weiter um Louise herum. Leider verbarg sie ihre Krallen unter dem Tannenbaum, wie es die Tauben tun, wenn sie schlafen. Schade, das mußte also warten. Aber auch sonst war das Menschenküken sehr interessant. Im Gegensatz zu Heinrich hatte es Federn von der Farbe des Weizens, wenn er reif ist (und die Menschen uns mit ihren Schießstöcken von ihm vertreiben) und viel länger als er. Es waren ganz feine Federn, eher so wie unsere

Federfahnen, die vom Kiel abgehen. Und wie alle Menschen hatte sie die nur auf dem Kopf. Wie Heinrich nur oben und hinten auf dem Kopf, viele der älteren Menschen hatten auch noch welche um den Schnabel herum. Erst hatte ich das für ein Kennzeichen zur Geschlechtserkennung gehalten, da aber der rauchende Mensch auch keine Federn um den Schnabel hatte, war ich zu dem Schluß gekommen, daß die Menschen ihr Geschlecht daran unterschieden, ob sie einen Tannenbaum oder richtige Beine hatten.

Aber ich bin abgeschweift. Kein Wunder bei so einer Federpracht, die Farbe sieht man bei keinem Vogel, nur beim reifen Weizen. Und sie waren so dünn und lang. Die Menschen können sich so was leisten, die brauchen die Federn ja nicht zum Fliegen. Unsere Brustbefiederung ist auch viel weicher als die der Flügel, vor allem die Brustfedern von meiner Cousine. Aber ich schweife schon wieder ab.

Also, ich war gerade mit der genauen Betrachtung dieses Menschenwesens beschäftigt, da richtete es sich auf, stellte sich ganz aufrecht. Und unter Louises Tannenbaum schauten die Krallen hervor! Ihr könnt Euch vorstellen, daß ich hin und weg war. Also noch mehr, als bereits zuvor. Die mußte ich mir mal anschauen, also hob ich den Tannenbaum ein wenig hoch und warf einen Blick auf die Krallen. Auch ziemlich groß, aber keine ganze Fläche wie bei Heinrich oder den anderen Menschen, sondern vorne dran, ganz eng beieinander, einzelne Krallen. Jetzt machte auch Louise dieses glucksende Geräusch, das mich so sehr an den kleinen Bachlauf mit vielen lustigen Kieseln neben unserem Nest erinnerte. Ich ließ den Saum des Tannenbaums wieder fallen und schaute sie an. Interessanter Mensch, mußte ich schon sagen. Mal schauen, ob er sich dressieren ließ.

Ich senkte den Kopf, spreizte dabei die Flügel ein wenig, schaute sie aus einem Auge an und gab dabei ähnlich gurrende Geräusche wie die Menschen von mir. Keine Reaktion. Das Gleiche noch mal, sie schaute interessiert, hatte aber nicht kapiert, was ich wollte. Naja, helle schien sie nicht zu sein, die Kleine. Also spazierte ich noch ein wenig um sie herum, betrachtete das stehende Menschenküken von allen Seiten. Die ganze Zeit folgte sie mir mit ihren Augen. Als ich wieder vor ihr war, machte ich meine Verbeugung noch einmal, Flügel spreizen, Kopf senken, sie schräg angucken und gurren. Und zack! Sie hatte gerafft, was ich wollte, hatte sich herunter gebeugt und mich gestreichelt. Gutes Kind! Nicht ganz der hellste Stern am Firmament, aber immerhin nach dem dritten Anlauf kapiert. Irgendwann bekam ich sie alle dazu, mich zu streicheln. Außer den Tannenbaum-Mensch von Heinrich, die hat mich immer nur verscheucht. Das sind halt die harten Fälle. Irgendwann krieg ich aber auch die erzogen.

Doch zurück zu Louise: Ein Vorteil dessen, daß sie sich hinunterbeugte, war, daß sich der Tannenbaum hob und ihre Krallen frei gab. So konnte ich mir ihre Krallen anschauen, während ich gleichzeitig gestreichelt wurde. Doppeltes Vergnügen. Und interessant. Also diese kurzen Krallen vorne dran, da kann man sich wirklich an keinem Ast mit festhalten. Aber sie sahen weich aus, eher wie die Menschenflügelkrallen und hatten ähnlich wie die einen Schutz vorne drauf. Und sie hatte fünf Krallen, nicht vier. Schon merkwürdige Wesen die Menschen, manche mit Krallen, manche ohne.
Irgendwann setzte sie sich wieder hin, bei der ruckartigen Bewegung bekam ich erst einmal einen Schreck und flatterte einen Flügelschlag weit weg. Als sie dann aber ruhig blieb, kam ich ihr wieder näher. Ich schaute mir noch

einmal ihre Blätter an, diesmal traute ich mich, eines in den Schnabel zu nehmen. Es war wie frisches Laub, es zerbröselte nicht gleich. Ich schwenkte es mit meinem Kopf hin und her, da hatte ich plötzlich nur noch einen Teil des Blattes im Schnabel, der Rest flatterte herum. Das Blatt schmeckte irgendwie komisch, so ein bißchen wie ein Baum, bei dem Du durch die Rinde gehackt hast. Ich spuckte es wieder aus, sprang zu dem Rest des Blattes und hackte hinein. Direkt durch, gar kein Widerstand. Ich beäugte das Loch, das ich gemacht hatte und hackte ein zweites Mal hinein. Wieder kein Widerstand, mein Schnabel ging direkt ins Gras. Also wie ein normales Blatt vom Baum, nur anders.

Aber da war noch was. Genau, die Geräusche, die das Blatt gemacht hat, als ich es herumwedelte. Die hatten mir gefallen. Also schnappte ich es mir noch einmal und wedelte es herum, wedelte es herum, wedelte es herum. Solche Geräusche machte kein normales Blatt, außerdem gluckste Louise wieder so schön, wenn ich das machte. Zwei Geräusche, die mir gefielen. Ich wollte wissen, wie so ein Blatt im Wind klang. So erhob ich mich in die Luft, ein berauschendes Knattern begleitete mich dabei, toll, was die Menschen so haben. Das mußte ich meiner Cousine zeigen. Aber erst einmal riß das Blatt und flatterte runter, nun allerdings wieder wie ein normales Blatt. Ich setzte zum Sturzflug an fing es kurz vor dem Boden ab, schwebte weiter bis kurz vor Louise. Dann ging ich die letzten Schritte, legte es vor ihr ab und machte meine Streichel-Verbeugung. Diesmal reagierte sie sofort, hörte aber leider mit dem Glucksen auf und gurrte stattdessen. Aber sie streichelte mich und ich konnte ihre Krallen sehen, das entschädigte für das fehlende Glucksen. Naja, irgendwann würde ich sie schon dazu bekommen, dieses Gurren zu lassen und nur noch so schön zu glucksen, wie sie es vorher getan hatte. Das sollte ich vielleicht erst einmal mit Heinrich probieren, der lernte schneller, als dieses Weibchen.

So spielten wir noch eine Zeit herum. Ich hatte viel Spaß mit dem Blatt, bis es schließlich nur noch kleine Fetzen waren, die der Wind fort trug. Auch Louise packte dann ihre Sachen; ein Stück des Weges begleitete ich sie noch, indem ich neben ihr herhüpfte. Sie gurrte, als würde sie mit mir sprechen, wandte mir immer wieder ihren Kopf zu. Ein gutes Stück vor dem Pfad des schwarzen Monstrums blieb ich stehen, krächzte noch zum Abschied, erhob mich in die Lüfte und flog zurück zu der Höhle, die mir die anderen Menschen gemacht hatten.

Beim nächsten Sonnenaufgang flog ich wieder los zu Louise, nachdem ich Heinrich zur Schule verabschiedet hatte. Diesmal wartete ich direkt im Baum vor ihrer Höhle. Zwei Mal zog das schwarze Monstrum vorbei, es konnte einem echt Angst und Bange werden bei dem Lärm und dem ganzen Qualm. Aber ich zitterte nicht (zumindest würde ich das nie zugeben) und schaute mir das Monstrum nur an. Auf meinem Baum war ich ja sicher. Ich hatte nicht vor, irgendwelche gewagten Flugmanöver in seiner Nähe auszuführen. Gerade als Louise nach Hause kam, näherte sich das schwarze Ding das zweite Mal. Ich hatte eben nach ihr gerufen und dazu angesetzt, vor sie hin zu fliegen, als ich sein Pfeifen aus der Ferne hörte. Nee, dann lieber warten, lieber vom Baum aus zuschauen. Das Monstrum sah aus wie eine riesige verkohlte Eiche, mit einem großen Ast vorne dran, aus dem Qualm kam. Hinten dran hatte es andere Baumstämme in den bunten Farben des Herbstlaubes. Die Baumstämme sahen nicht so gefährlich aus wie das Ding selber und sie qualmten auch nicht, aber mein Sinn für Gefahr riet mir, mich auch von denen fernzuhalten. Vor allem, da aus ihnen Menschen herauskamen. Ich blieb also im Baum und wartete auf Louise. Und wartete. Schließlich kam sie aus der Höhle raus. Ich lauschte noch kurz, ob das Monstrum wieder im Anmarsch war und segelte dann vor sie.

Es war schön, sie wieder zu sehen. Sie gurrte, als sie mich sah, ich machte meine Streichel-Verbeugung, konnte ihre Krallen sehen und alles war gut. Vergessen war das laute, stinkende Monstrum, vergessen das lange Warten. Louises Krallen sehen und dabei gestreichelt werden, mehr brauchte eine Krähe nicht zum Leben. Ich hüpfte ein paar Schritte Richtung Wald und schaute sie an. Sie folgte. Ich hüpfte ein paar mehr. Sie folgte. Schließlich verfiel sie in den normalen Schritt der Menschen, so daß ich bequem neben ihr her hüpfen konnte. Dabei erzählte ich ihr, wie ich auf sie gewartet hatte, daß das schwarze Monstrum gekommen war, daß sie sich von dem Teil unbedingt fernhalten sollte, denn daß es gefährlich war, wußte ich aus eigener Anschauung. Ich glaubte, sie verstand mich, denn jedesmal, wenn ich sie etwas fragte oder eine Pause machte, hörte ich ein bestätigendes Gurren von ihr. Was genau sie antwortete, konnte ich leider nicht sagen, denn aus dem Gurren wurde ich damals noch nicht so ganz schlau. An unserer Kommunikation mußten wir noch arbeiten.

So gingen wir also, munter parlierend, wieder zur Wiese, auf der ich sie das erste Mal gesehen hatte. Und jetzt zeigte sich die Weisheit meiner Erziehung, die Genialität in meinem Vorgehen. Denn: Sie zog einen Brotkanten aus einer Höhlung ihres Tannenbaums! Der kam auch genau richtig, denn das Warten hatte mich hungrig gemacht. Also zerstückelte und verschlang ich den Kanten innerhalb kürzester Zeit. Am Abend würde ich zwar bei Heinrich noch einmal Futter bekommen, aber das konnte ich verstecken und dann am nächsten Tag meinem Schwarm vorbei bringen. Verkommen würde es schon nicht.

Danach hielt sie mir wieder eines dieser weißen Blätter hin. Der Mensch gefiel mir, den hatte ich mir gut erzogen, Essen UND Spielzeug. Also erst einmal wieder in die Lüfte mit dem Blatt, dieses tolle Knattern genießen. Dann im Sturzflug runter, volles Geknattere, kurz vor dem Boden verlangsamen und zu Louise hinsegeln. Was ein Spaß! Das Blatt legte ich wieder vor ihre wunderschönen Füße (mit Krallen!), machte meine Streichel-Verbeugung und bekam, was ich wollte.

So ging das noch einige Tage, manchmal flog ich auch gar nicht zurück in die sichere Höhle, sondern zu meiner Familie, in deren Nähe ich bei meinen gelegentlichen Besuchen begonnen hatte, ein eigenes Nest zu bauen. Und irgendwann flog ich gar nicht mehr zu Heinrich zurück, hier war das Leben einfach spannender. Das einzige, was ich nicht mochte, waren diese lauten und stinkenden Monstren, die manchmal hier anhielten. Wenn ich die Teile kommen hörte, flog ich flugs in den nächstbesten Baum und wartete, bis sich das Ding wieder verzogen hatte. So ein bißchen gewöhnte ich mich sogar an sie. Denn das Leben war gut. Ich bekam Essen, ich bekam Spielzeug und war in der Nähe des Menschenkükens mit den weizengelben Federn.

Kapitel 10

Das Glockenseil reißt Heinrich mit gewohntem Schwung nach oben, er verlagert sein Gewicht, mehr automatisch als mit Leidenschaft, um die Abwährtsfahrt einzuleiten. Das ohrenbetäubende Geläut kann die traurigen Gedanken und die Einsamkeit in seinem Herzen nicht vertreiben, die gewohnte Hochstimmung beim Läuten will sich nicht einstellen. „Wie im Himmel...“. Am Boden stößt er sich ab, läßt sich wieder hochreißen, „so auch auf Erden“. Bei „Denn Dein ist das Reich“ ist er wieder auf dem Weg nach unten, dort springt er zur Seite, der Klöppel schlägt nach dem „Amen“ noch einmal an die Glocke. Das hat er schon mal besser gemacht, aber irgendwie ist er nicht bei der Sache.

Die Krähe fehlt ihm. Es war so schön, nach Hause zu kommen und dort am Hoftor von der Krähe begrüßt zu werden, er vermißt das gemeinsame Reinbringen des Viehs mit ihr, ihren Blick, wenn er morgens den Deckel vom Faß hob. Das Spielen mit der Krähe hat richtig Spaß gemacht. Wie sie mit Leidenschaft alte Säcke zerfaserte und zerfledderte, wie sie anstatt eines Verdauungs-Spazierganges die Katze über den Hof jagte und sich dann zufrieden zum Ausruhen auf einen Ast setzte. Wie sie die Hühner aus dem Käfig auf die Freifläche jagte. Wie sie auf ihn zugeflattert kam, wenn er nach Mittagessen und Hausaufgaben das Haus verließ. Er hatte ihr sogar das Stöckchenholen beigebracht. Und er hatte sich darüber gefreut, daß es ihr besser ging, daß ihr Flügel heilte, daß sie erste Flugversuche unternahm und vor allem, daß sie bei ihm geblieben war, obwohl sie wegfliegen konnte. Doch nun war sie weggeflogen.

Mechanisch sammelt er die Gesangbücher und Bankkissen ein, stapelt sie, ohne seine Mutter zu beachten, und geht dann hinüber ins Pfarrhaus. Seiner Mutter gibt er heimlich die Schuld am Verschwinden seines neuen Spielkameraden. Sie konnte den Vogel noch nie leiden, sah ihn als Abgesandten des Teufels, meckerte über seine Anwesenheit, meckerte über jeden Kanten alten Brotes, den die Krähe und nicht die Schafe bekamen. So ein Teufelsvieh sollte nicht im Pfarrhaus wohnen. Das Geschimpfe war für Heinrich schwer zu ertragen, sogar sein Vater hatte die Schnauze voll. Es war das erste Mal, daß Heinrich ihn laut erlebte. „Jetzt ist Schluß! Die Krähe bleibt und bekommt ihren Kanten Brot oder was sonst übrigbleibt." Daß der Vater mit der Faust auf den Tisch hieb, mußte auch die Mutter beeindruckt haben. Sie sagte nichts mehr, sah sogar ein wenig verängstigt aus und blieb den Rest des Abendessens still. Natürlich grummelte sie, wenn Heinrich in der Küche nach Futter für Abraxas fragte, aber sie schimpfte nicht mehr.

Abraxas war der Name, den der Vater der Krähe gegeben hat, er fand ihn passend. Während des Studiums hatte er im hessischen Fritzlar das Abraxas-Medaillon auf dem Kaiser-Heinrich-Kreuz gesehen, mit dem vogelköpfigen Gott und sich daraufhin ein wenig mit dem Abraxaskult beschäftigt. „Vielleicht bringt er uns Glück, wie damals die Anhänger des Kults glaubten" meinte der Vater, als er Heinrich den ungewöhnlichen Namen erklärte. Doch Abraxas ist fort, vielleicht mochte er nicht mehr mit Heinrich spielen, vielleicht hat ihn die Mutter einmal zu oft mit dem Besen verscheucht, vielleicht war er zu den anderen Krähen geflogen.

Der Vater hatte auch versucht, Heinrich zu trösten, hatte ihm erklärt, daß es am besten ist, wenn Abraxas mit anderen Krähen, mit seiner Familie zusammen ist, daß es ihm jetzt wahrscheinlich besser ging. Als könnte es ihm irgendwo besser gehen als bei Heinrich, der für ihn sorgt, der mit ihm spielt, der ihn beschützt! Vielleicht war ihm ja auch etwas passiert, vielleicht hatte sein gebrochener Flügel nicht gehalten und er lag nun hilfesuchend im Wald oder auf einem Acker.

Heinrich hatte schon die Wälder und die Äcker der Umgebung abgesucht, aber ihn nicht gefunden. Er war rufend durch die Wälder gelaufen, bis seine Stimme nicht mehr zum Vorlesen in der Schule reichte und er den Stock des Lehrmeisters zu spüren bekam. Er hatte sogar allen Mut zusammen genommen und die alte Kräuterhexe im Wald gefragt, ob sie ihn gesehen hatte. Die hat gelacht und ihm gesagt „Krähen müssen fliegen, mein Kleiner. Die wissen selbst, was für sie am besten ist". Und dann hatte sie ihm ganz viel über Krähen erzählt, was sie im Wald und auf den Feldern beobachtet hatte, wie schlau und wie sozial diese Vögel waren. Die Kräuterfrau roch zwar ein bißchen streng, hatte einen komischen Akzent, aber eigentlich war sie ganz nett. Dennoch war er ganz froh, daß sie ihn zum Abschied nicht umarmt hatte.

Inzwischen hat er das Suchen aufgegeben, verbringt nicht mehr jeden Tag im Wald und auf den Feldern, der Vater hat ihm erklärt, daß es sinnlos ist. Wenn Abraxas verletzt gewesen wäre, wäre es jetzt zu spät. Das sei dann wie bei dem Lamm, das sie auf dem Werder von Onkel Heinz im Zaun verheddert und schon von Ameisen zerfressen gefunden hatten, dem konnte man nicht mehr helfen. Heinrich mochte sich nicht vorstellen, wie die Krähe von Ameisen zerfressen aussieht, in seinen Träumen tauchte das Bild dennoch auf.

Aber wenn Abraxas noch lebte, dann würde er Heinrich schon ein Zeichen geben. Nun winkt Heinrich jedesmal, wenn auf dem Kirchturm oder in einem der Bäume eine Krähe krächzt und hofft, daß es seine ist. Noch keine von denen ist zu ihm herunter geflattert gekommen, aber vielleicht will ihn Abraxas auch nur grüßen. Daher grüßt Heinrich zurück.

Für Heinrich und seine Familie geht es heute nach dem Mittagessen nach Göttingen, die Superintendentur hat den Vater einbestellt. Mutter war gestern extra beim Coiffeur, da geht sie sonst nur vor Ostern und Weihnachten hin, Vater ist sehr aufgeregt. Heinrich auch. Gleich geht es los, daher behält Heinrich seinen nicht besonders eleganten Sonntagsanzug heute auch nach dem Mittagessen an. So ein Ausflug in die große Stadt ist aber auch aufregend: Mit dem Zug hin, die Landschaft, die an ihm vorbei fliegt, das Ankommen in dem Riesenbahnhof, das Gewusel der großen Universitätsstadt mit ihren verlumpten Studenten, den komisch gekleideten Doktoren, den festlich gekleideten Geheimräten. Die Eisenbahnfahrt zurück, auf der er schon erschöpft auf dem Schoß des Vaters einschlafen wird, obwohl er sich doch kein Detail entgehen lassen wollte.

Kapitel 11

Der Sturm bläst unter meinen Schwingen hindurch, elegant aber auch erschöpft lasse ich mich auf den Ast neben meiner Cousine niedersinken. Mit einer kurzen Schnabelkreuzung begrüßt sie mich. Das war aber auch schon mal herzlicher. Wahrscheinlich ist sie sauer, weil mein Nest noch nicht fertig ist. Aber man kann ja nicht alles auf einmal machen: Menschen dressieren, damit sie einem Leckerlis geben und gleichzeitig ein Nest bauen. Man kann es auch nicht allen recht machen, bei den Eltern bleiben und für Nachschub an leckerem Menschenfraß und diesen fantastisch weichen Fäden sorgen. Und man kann auch nicht alles sehen.

So habe ich nicht mitbekommen, als Heinrich und Louise sich das erste Mal sahen, als der Zug auf der Rückfahrt von Göttingen in Gretenbach einfuhr und Heinrich das blonde Mädchen am Bahnsteig auffiel, das niemanden verabschiedete, aber auch auf niemanden wartete. Das Mädchen, das er gleich wieder vergaß, da Vater und Mutter unruhig wurden, die nächste Station war schon Haßlieb.

Und Louise, die nur ein Jungengesicht neben einem Pastor und einer streng dreinblickenden Frau sah, vergaß das Gesicht ebenso gleich wieder.

1895, 7. JAHR DER REGIERUNG KAISER WILHELMS II.

Kapitel 12

Ein Samstag, wie jeder andere Frühlingssamstag. Das um ein paar Jahre älter gewordene Jungengesicht hilft dem Vater beim Pflügen des Feldes, es ist zwar noch nicht wirklich an der Zeit, die Kartoffeln zu pflanzen, doch der Vater meint, man könne es schon riskieren. Der letzte Winter war hart, viele der Saat-Kartoffeln waren im Kochtopf der Mutter gelandet. Und je länger der Winter dauerte, umso attraktiver wurden auch die Schalen. Kartoffelschalen-Eintopf, in jämmerlichen Fettresten gebratene Kartoffelschalen, gebackene Kartoffelschalen, Kartoffelschalen als Gemüsebeilage, wenn es dann doch einmal Fleisch gab. Die meisten der Schweine und Schafe hatten sie verkaufen müssen, auch von den Kühen war nur noch Rosalie geblieben, die zwar noch ordentlich Milch gab, aber sonst zum Verkauf oder zur Schlachtung ungeeignet war. Keiner der Hunde und nur wenige der Hühner sind dem Kochtopf entronnen. Gerade genug, um gelegentlich ein Ei auf dem Tisch zu haben.

Mit seinen 13 Jahren kann Heinrich dem Vater schon deutlich mehr zur Hand gehen, sein Aufgabenfeld hat sich erweitert. Bevor er mit dem Zug zur Schule fährt, versorgt er das restliche Vieh und läßt es auf die Weide. Nach seiner Rückkehr und den Hausaufgaben hilft er in der Landwirtschaft, wo er kann. Das Schafscheren geht ihm schon ganz gut von der Hand, das Unkrautjäten macht zwar keinen Spaß, muß aber auch erledigt werden, das Köpfen und Rupfen der Hühner ist ebenfalls nicht ganz seine Sache.

Mittlerweile zieht sein Vater ihn auch zu Rate, wenn es um Fragen der Fruchtfolge geht oder darum, wie die Obstbäume beschnitten werden sollen, Heinrich weiß instinktiv, was für Tiere und Pflanzen gut ist. Dieser Instinkt ist wichtig, denn das Leben der Landpastorenfamilie hängt zu einem großen Teil davon ab, wie gut die Landwirtschaft läuft. Von der schmalen sonntäglichen Kollekte ließe sich keine Familie ernähren, und je länger ein Winter dauert, umso mickriger fällt die Kollekte aus. Da hilft es nur, wenn der Vater Vertretungen in den anderen Gemeinden übernimmt; der Bahn sei Dank kann er auch Vertretungen in entfernteren Dörfern des hannöverschen Sprengels übernehmen. Das reiche Fischerdorf Spuhle wäre sonst eine dreistündige Kutschfahrt entfernt gewesen, mit dem Zug brauchte der Vater lediglich eine halbe Stunde. Und die Kollekte dort übersteigt auch in schlechten Zeiten die Kosten für ein Bahnbillett deutlich.

Bei einer Pause während der Feldarbeit hat sein Vater Heinrich einmal erklärt, wie wichtig das energische Zusammenhalten der Schäfchen, wie wichtig die unermüdliche Gemeindearbeit der Mutter ist. Ganz praktisch ging es ihm nicht nur um die Seelenrettung, sondern auch darum, daß möglichst viel Geld im Klingelbeutel landete. Denn die Kollekte hilft dem Pastor beim Überleben und nur wer am Gottesdienst teilnimmt, wirft auch etwas in die Kollekte. Darum schätzte er die Gemeindearbeit seiner Frau: Die Mutter sorgte dafür, daß am Gottesdienst teilnahm, wer laufen konnte. Selbst den Siechen war der mühsame Kirchgang lieber als der erzürnte Besuch der Pfarrersfrau nach einem Fernbleiben.

Das Geld verwaltete zwar die Mutter mit harter Hand, doch war es auch Aufgabe des Vaters, dafür zu sorgen, daß möglichst viel gespendet wurde, daß die Großspender nicht vergrault wurden. So wurden von der Kanzel nur Sünden im Allgemeinen gegeißelt, nicht aber angesprochen, daß der Großbauer Schulz wieder ein Kind von einer seiner Mägde erwartet, ohne es als seines anzuerkennen, daß der Apotheker schon wieder einen Lehrjungen unauffällig ins Hessische verschwinden lassen hatte. Wo doch jeder wußte, daß der Apotheker seine Frau nicht anrührte und stattdessen viel Zeit mit seinen Lehrjungen verbrachte. Jeder im Dorf kannte die Sünden und die Sünder, doch von der Kanzel erfahren sie keine Mahnung, keine Geißelung. So sehr dies den Vater auch drückte, er war zu sehr Realist, um den Geldfluß zu gefährden, der seine Familie über Wasser hielt, über den Winter brachte. Denn von der kleinen Landwirtschaft im Pfarrgarten allein hätten sie darben müssen. Daher lieber nicht zu offensiv predigen. Und auch die Äcker und das Pfarrhaus wären ihnen genommen worden, wäre eines der einflußreichen Gemeindemitglieder so verärgert worden, daß sich der Vater eine andere Pfarrstelle hätte suchen müssen. Daher predigte der Vater vorzugsweise über die Liebe Jesu Christi, der alle Sünden auf sich nahm. Ohne spezielle Sünden zu benennen.

Und daher pflügen sie jetzt mit Rosalie für die Kartoffeln, an diesem milden Frühlingstag auf dem Acker hinter dem Pfarrhaus, während Abraxas ihnen von der Seite des Leiterkarrens aus zusieht. Die Krähe flattert gelegentlich herunter, um einen vom Pflug an die Oberfläche gespülten Regenwurm zu verspeisen oder sich an einem Engerling gütlich zu tun. Es war Heinrichs Idee gewesen, Abraxas mit zur Feldarbeit zu locken, schon letztes Jahr hatte sich seine Anwesenheit bewährt. Dieses Jahr haben sie vor dem Einpflanzen der Kartoffeln sogar zweimal gepflügt, um möglichst viele Engerlinge für Abraxas an die Oberfläche zu holen. Jeder Engerling, den er verspeist, ist ein Schädling an den Wurzeln weniger. Jeder Engerling, der seinen Schnabel passiert, kann nicht mehr als Maikäfer die Ernte beschädigen. Heinrich und sein Vater sehen auch zu, daß sie nach dem Pflügen möglichst schnell mit Rosalie und dem Pflug verschwinden, da Abraxas' Verwandte schon in den Bäumen am Ackerrand ungeduldig auf ihr Festmahl warten.

Letztes Jahr mußte Abraxas noch auf den Acker gelockt werden, dieses Jahr flatterte er schon aufgeregt krächzend auf den Leiterwagen, als der Pflug das erste Mal aus der Scheune geholt wurde.

In harten Wintern war es natürlich für Heinrich schwierig, genügend Futter aus der Küche für die Krähe zu ergattern. Im letzten Winter war es am Ende soweit gewesen, daß die Mutter ihm selbst die mit Trieben übersäten Kartoffelschalen verweigerte. „Soll der Satansbraten sich den Magen vollschlagen, während wir Christenmenschen verhungern?", Heinrich schlich bedrückt davon.

In solchen Wintern mußte er die Schweine in den Gemeindewald oder die Allmende treiben, damit sie dort in der gefrorenen Erde nach Eicheln und Bucheckern suchten. Nicht selten flog dann auch Abraxas herbei und machte den Schweinen ihre Beute streitig. Da diese ihn von Geburt an kannten und Respekt vor den Schmerzen hatten, die sein harter Schnabel an ihren Nasen verursachte, ließen sie ihn gewähren und scharrten grunzend woanders nach Futter.

Doch der Winter war vorbei, jetzt ist die Zeit des Säens und Pflanzens, des Vermehrens und Gedeihens. Die Schafe sind schon fleißig dabei. Nachdem sie eines Morgens hüpfend, wie nur Schafe im Frühlingstaumel hüpfen können, aus dem Stall kamen, hatte Heinrich den Nachbarn Onkel Heinz um einen Bock zum Decken gebeten. „Kannz habben, min Jong. Holn Dir nur ausse Tenne.", sagte Heinz lediglich. Und seitdem frönte der Bock der Fleischeslust, wie sonst nur Großbauer Schulz mit seinen Mägden. Schon in einer Woche würden sie das Tier wieder zurückgeben können.

Auch Rosalie hatte an dem besagten Morgen übermütig gewirkt, wie ein junges Kalb rannte sie auf der Weide hin und her. Da wußte Heinrich, daß der Frühling wirklich da und die Zeit der knappen Nahrungsmittel vorbei war, daß er schon in Kürze etwas aus der Küche für Abraxas abzweigen konnte.

Die Krähe ist für ihn ein fester Begleiter im Leben geworden, seit sein Vater sie damals vor vielen Jahren verletzt fand. Sie ist zwar nicht immer da, sie kommt aber immer wieder. Als sie das erste Mal für mehrere Wochen verschwunden war, hat er noch den Verlust des Vogels beweint, still im Bett, damit seine Mutter es nicht hörte. Doch als die Krähe urplötzlich wieder auftauchte und sich abends in den Schuppen begab, als wäre sie nie weg gewesen, sprudelte sein Herz vor Freude über. Die Mutter teilte das Glück ihres Sohnes nicht, wagte ausnahmsweise aber auch nicht, sich gegen ihre Männer zu stellen. Seitdem kam und ging der Vogel, wie es ihm gefiel. Manchmal war er für Wochen da, dann war er wieder verschwunden, manchmal für Tage, manchmal für Wochen. Heinrich hat sich an das Kommen und Gehen gewöhnt, er freut sich aber jedesmal, wenn er von der Schule kommt und die Krähe ihn auf dem Hof begrüßt.

Vieles hatte sich seitdem verändert. Heinrich geht auf das Gymnasium in Hannöversch-Burg, dort wo die Dorfjugend nicht hingeht, wo er unter seinesgleichen ist: Kinder von Pastoren, Apothekern, Geheimräten und Lehrern. Dort wird er nicht mehr gehänselt, die Disziplin ist aber fast genauso streng. Nur noch selten zieren die Striemen des Lehrerstocks seine Hände, Heinrich paßt auf, daß er nicht zu sehr auffällt. Lediglich im Lateinunterricht fällt ihm das schwer. Auch wenn der Vater ihm bei den Hausaufgaben hilft, so werden seine Kenntnisse dieser toten Sprache doch nicht besser, blockiert sein Gehirn die nicht enden wollenden Konjugationen irregulärer Verben, verweigert sich dem Zugang zu Ablativ und Lokativ. Wie es Heinrich scheint, macht sich der strenge Schulmeister Hofer einen Spaß daraus und weidet sich an seiner Hilflosigkeit. Doch all diese Pein ist vergessen, wenn die Schulglocke ertönt, er seinen Ranzen über die Schultern schwingt, in einer wilden Quartanergruppe zum Bahnhof läuft und ihn zu Hause der Vogel krächzend erwartet.

Kapitel 13

Unter Louises Obhut waren schon viele Vögel gestorben. So viele, daß die Pein zu groß war, die Toten zu zählen, sie sich gar nicht traute, sich an alle zu erinnern. Gestorben waren sie nicht wegen mangelnder Pflege, mangelnder Liebe. Nein, das wäre das Letzte, was man Louise vorwerfen konnte. Sie hatte sie alle umsorgt, gehegt, für ihre Heilung gebetet. Doch für viele Vögel war ihre Obhut nur noch eine Erleichterung der letzten Stunden, ein würdiger Abschied. Stare, die sie den grausamen Tatzen der Katzen entrissen hatte, Tauben, deren schwungvoller Flug an einer Fensterscheibe ein plötzliches Ende genommen hatte, aus dem Nest gefallene Schwalben, die zu lange das Futter der Mutter entbehrt hatten. Einige von ihnen konnte sie leider nicht retten und es brach ihr jedesmal das Herz, wenn sie eines dieser kalten, leblosen Federbündel im Wald hinter dem Bahnhof vergraben mußte.
Doch viele andere konnte sie retten, vielen das Leben, manchen sogar die Flugfähigkeit. Erstere zwitscherten in der Volière hinter dem Güterschuppen, letztere sangen das Lied der Freiheit in den Bäumen des Waldes.

Es hatte sich in Gretenbach herumgesprochen, daß sie sich um verletzte Vögel kümmerte. Gelegentlich kam auch ein Bauer mit einer Gans oder einem Huhn, das dem Fuchs gerade noch entkommen war und bat um Louises Hilfe. Gerade im letzten Winter, als die natürlichen Nahrungsquellen im Wald immer weniger wurden, trauten sich die Füchse tiefer ins Dorf, gruben sich beharrlich unter Zäunen hindurch und vergrößerten so das Leid der Bevölkerung. Die Hühner und Gänse nahmen die Bauern immer gleich wieder mit, die anderen Tiere überließen sie Louises Obhut. Die Dorfbewohner brachten sie zu ihr und wälzten damit die Last des Schicksals auf das Kind ab.

Zum Schutz der Vögel hatte ihr Vater ihr nach langem Drängen zunächst einen Käfig aus Zaunresten gebaut, in den sie Äste als Sitzstangen für die Vögel hineinsteckte. Als dieser Käfig zu klein wurde, baute er nach noch längerem Drängen und wärmenden Worten der Mutter eine Volière an den Güterschuppen. Dort zwitscherten, gurrten und hüpften sie nun, die Stare mit gebrochenen Flügeln, die Schwalben, deren Flugfedern von den Gaslaternen angebrannt und die Tauben, die dem Habicht entkommen waren.

Sobald sie wieder fliegen konnten, nahm Louise die Vögel sanft aus der Volière und entließ sie mit einem Schwung beider Hände in die Freiheit. Meist flatterten sie nur zum nächsten Baum, dann diesen hinauf, mit einem zögerlichen Flugversuch in den nächsten und waren dann für immer aus ihrem Leben verschwunden. Sie war froh darüber, diese Vögel wieder fliegen zu sehen, doch tat es ihr auch ein bißchen weh, verlassen zu werden.

Wie gut tat es ihr hingegen, wenn die Krähe mit lautem Krächzen neben Louise hin flatterte, der Vogel seinen Kopf zur Seite senkte und sie mit einem Auge ansah, während er gleichzeitig die Flügel ein wenig spreizte. Bereit, um gestreichelt zu werden. Wie gut tat es, wenn sie lesend auf der Wiese saß und merkte, wie ihr etwas von hinten mit kräftigen Zügen die Schleife ihres Kleides aufziehen wollte. Die Krähe liebte es, an Schleifen zu ziehen, ob von Schuhen oder Kleidern, selbst die Seilvertäuungen der Signalanlagen des Bahnhofs waren nicht sicher vor ihr.

Ihr Vater schimpfte deswegen oft mit ihr, er konnte den Vogel nicht leiden. Für ihn waren Krähen Plagen der Natur, die Felder plünderten, die der Technik und der Ernährung der Menschen im Wege standen. Sie hielten sich an keine Fahrpläne, hatten keinen praktischen Nutzen und der Vogelkot mußte vom Bahnhofsvorplatz gewischt werden. Er hielt nicht viel von den Ammenmärchen, daß sie Boten des Todes seien, aber sie waren dem Fortschritt, der Mechanisierung der Landwirtschaft im Weg. Außerdem hatte er die Krähe im Verdacht, sein Telegrafenkabel zerpickt zu haben und mehr als einmal hatte Abraxas ihm eine Signalanlage verstellt. Das war gefährlich, es konnte Menschenleben und seinen Ruf als zuverlässiger Bahnhofsvorsteher in Gefahr bringen. Wer Unordnung in seine Ordnung brachte, gehörte daraus verbannt. Umso schlimmer, daß seine Tochter an diesem Chaos-Tier Gefallen gefunden hatte, auch Machtworte hatten nicht geholfen. So manches Mal hatte er, nachdem er eine Signalanlage verstellt vorgefunden hatte, seinen Karabiner aus dem Schrank geholt. Doch der Übeltäter war bereits verschwunden, nur um wenige Tage später wieder aufzutauchen und wieder Unordnung zu bringen.

Die Mutter ging viel zu sanft mit dem Vieh um, gab ihm sogar noch Futter, obwohl er es ihr untersagt hatte. Er tat so, als würde er das nicht bemerken, aber sie untergrub damit seine Autorität als Vater und als Bahnbeamter im mittleren Dienst. Keine einfache Situation, das war wie im großen Krieg, als er seinen guten Soldaten bei ihren

Streichen so das eine oder andere hatte durchgehen lassen, in die andere Richtung schauen mußte, um ihre Kampfmoral aufrecht zu erhalten.

Und die Mutter war wie eine gute Soldatin. Tat ihre Pflicht und mehr. Der Bahnhofsvorplatz war stets sauber, die Wartehalle immer gebohnert, der Bahnsteig konnte sich sehen lassen und die Scheiben des Fahrkartenverkaufes glänzten zu jeder Zeit. Wenn der Fahrkartenverkäufer einmal krank war, übernahm sie den Verkauf sogar selber. Außerdem kochte sie gut, das Essen war pünktlich, die Uniform immer gebügelt und sie hielt die Wohnung in Schuß. Da konnte man kleine Vergehen ruhig einmal übersehen. Obwohl die Krähe ihn störte, die Ordnung seiner Welt störte. Mit den Vögeln in der Volière konnte er leben, aber die Krähe störte, darum vertrieb er sie immer, wenn er sie sah. Zum Glück zeigte sie sich in letzter Zeit selten. Nur einmal hatte es ein Drama gegeben, als das Vieh in den Güterschuppen gehüpft war, er die offene Tür geschlossen hatte und durch den nächtlichen Lärm geweckt, einen Einbrecher darin vermutet hatte. Er hatte den Karabiner in der Hand, leider war ihm das Vieh dennoch entwischt. Seine Reaktionen hatten anscheinend seit dem großen Krieg etwas nachgelassen. Was Louise an dem Vogel fand, konnte er nicht nachvollziehen. Überhaupt, das Mädchen stromerte viel zu oft alleine in der Gegend herum, statt der Mutter zu helfen oder nützliche Tätigkeiten zu erlernen.

Daß sie meist alleine war, hatte für Louise einen Grund, eigentlich viele Gründe. Zwar mochte sie manche der Mädchen aus dem Dorf, doch allzu lange konnte sie keine davon ertragen. Den Gesprächen über Jungen, bunte Bänder und Schmuck aus Glasperlen konnte sie nichts abgewinnen, das Wer-mit-wem und der Dorfklatsch interessierten sie nicht. Bücher hingegen hatten ihre

Aufmerksamkeit schon früh geweckt, eigentlich sobald sie lesen konnte. Leider gab es zu Hause fast nur Bücher über das Bahnwesen und die Bibel der Mutter, die Eisenbahnerzeitung und das katholische Gesangbuch. Mutter ging täglich in die Dorfkapelle, an Sonntagen schleppte sie den Vater und Louise zur Messe mit.

Der Vater lästerte anschließend oft über diesen Aberglauben, der vom Priester in seiner Soutane verbreitet wurde und von der Wissenschaft verdrängt werden würde. Da hörte die Mutter lieber weg. Und wenn es zu derb wurde, wenn die Anspielungen auf die Haushälterin des Priesters zu deftig wurden, ließ sie den Vater mit einem bösen Blick verstummen. Das waren die einzigen Momente, in denen Louise ihre Mutter ärgerlich werden sah, sonst scheuerte sie ohne Murren die Wartehalle, fegte das Laub auf dem Vorplatz, wusch die Wäsche, sorgte sich um das Wohlergehen des kleinen Bahnhofs und seiner Bewohner. Wenn der Vater krank war, übernahm sie seinen Posten und stellte die Signale, wenn der Fahrkartenverkäufer ausfiel, gab sie die Billetts aus und jonglierte mit dem Fahrplanbuch, um den Fahrgästen passende Verbindungen herauszusuchen.

Im Fahrplanbuch und in der Bibel machte Louise ihre ersten Leseübungen, das Fahrplanbuch wurde ihr schnell zu langweilig, von den Geschichten in der Bibel bekam sie Albträume. Als ihre Mutter einmal die Frau des Dorfarztes besuchte und Louise mitnahm, stand sie staunend vor einem Regal voller Bücher. Der Doktor, den die Gespräche seiner Frau mit der Bahnhofsvorsteherin über die Gemeindeangelegenheiten nicht besonders interessierten, bemerkte, wie Louise gebannt vor dem Bücherregal stand. Er kniete sich zu der damals Neunjährigen nieder und fragte sie, was sie denn gerne lesen würde. „Vögel", war die

Antwort und er lachte. Louise, die vor Staunen und Respekt nur dieses eine Wort heraus gepresst bekommen hatte, entspannte sich. „Soso, mit Vögeln. Da wollen wir einmal schauen, ob wir was mit Vögeln haben." Und er fand etwas. Louise sah mit verschüchterten, großen Augen die kolorierten Stiche der exotischen Vogelarten in einer Tierenzyklopädie, musterte jede einzelne Feder, traute sich nicht umzublättern. Das übernahm der Arzt, zeigte auf die verschiedenen Tiere, den Elefanten, den Tiger, den Tucan und legte schließlich das Buch in ihre Hände. Sie hockte sich hin und war verloren. Verloren an Bücher, an Buchstaben und Sätze, verloren an die unglaublichen Wunder dieser Welt.

In den folgenden zwei Jahren hatte sie sich durch das komplette Bücherregal des Doktors gelesen. Anfangs nur, wenn ihre Mutter die Arztgattin besuchen ging, später auch allein. Manche Bücher gab ihr der Doktor sogar mit, um sie zu Hause zu lesen. Es waren Romane dabei, Enzyklopädien, wissenschaftliche Abhandlungen, Handbücher für die moderne Landwirtschaft, nur die anatomischen Werke hatte er ihr vorenthalten. Sie verschlang alles. Viele Begriffe der Abhandlungen und Handbücher sagten ihr nichts, aber etliche konnte sie in den Enzyklopädien nachschlagen. Und wenn die ihr nicht weiter halfen, fragte sie den Doktor, oft konnte er die schwierigen Wörter einfach erklären. So, daß sie sie verstand.

Wobei er nicht helfen konnte, waren ihre Vögel. Machte er sonst wenig Unterschied zwischen Mensch und Vieh, behandelte sowohl Staupe beim Vieh als auch Keuchhusten beim Menschen, so ließ er sich doch nicht dazu bewegen, ihre Vögel zu behandeln. „Die Knochen sind zu fein für meine groben Finger und meine Medizinalien zu teuer für Dich."

So kreuzten sich die Wege von der alten Kräuterfrau und ihr, als Louise auf dem Hof einer Freundin aushalf, deren Mutter im Wochenbett lag. Die Kräuterfrau bereitete gerade eine Medizin in der Küche zu, als Louise herein kam, um sich nach dem Stallausmisten die Hände zu waschen. Die Schreie aus dem Wochenbett drangen herüber, doch Louise kannte das. Von Menschen, von Kühen. Geburt mußte etwas sehr Schmerzhaftes sein.

„Ei, kannst Du denn ihr Schmerze net linnere?" fragte Louise.

„Doch, darum isch koche ein Medicin gerade." antwortete die Kräuterfrau mit starkem Akzent.

„Geht es ihr dann bessa?" sorgte sich die Kleine.

„Das hoffe ich, ma petite Louise", lächelte die Kräuterfrau.

„Tut des aach bei Vögel wirgge?" erkundigte sich Louise interessiert

„Das weiß isch nischt." war die Antwort der Alten

„Darf ich aan kleins bissi mitnehme?" bat Louise. „Ich hab ahn Sperling, dem ei Katz de Flügel fass gonz abgebisse hat. Ludwig heißta."

Und so lief die kleine Louise mit einer Fingerkuppe Kräuterbalsam flugs nach Hause, nahm den Vogel zärtlich aus seinem Kästchen und strich die Mixtur so sanft, wie nur Kinderhände es können, auf den versehrten Flügel.

Kapitel 14

So ein bißchen eifersüchtig war ich schon. War ich doch lange Zeit der einzige Vogel in ihrem Leben, der einzige, dessen Flügel sie mit ihren sanften Kinderhänden streichelte. Und dann fing sie an, diese nichtsnutzigen Flatterviecher aufzunehmen. Viecher, für die eine ordentliche Krähe nichts als Verachtung übrig hat. Okay, es sind auch Vögel und ja: sie können auch fliegen. Nicht so schön, nicht so elegant wie Krähen, aber sie können sich in der Luft halten. Wenn ich mir allein dieses Geflattere der Spatzen, dieses dauernde Flügelzusammenschlagen der Tauben anschaue, das hat doch nichts mit Eleganz zu tun! Elegant ist es, wenn ein Habicht seine Kreise zieht, wenn eine Krähe dem Sturm trotzt. Aber nicht das, was diese Viecher veranstalten. Stare laß ich noch durchgehen, aber der Rest taugt nichts. Bestenfalls dazu nutze, seinen Nachwuchs ein paar Wochen durchzufüttern, bis genug an ihm dran ist, daß es für uns sich lohnt, das Nest zu plündern.

Sie gab diesen Möchtegern-Flugakrobaten auch noch das Futter, das eigentlich für mich bestimmt war. Naja, ich konnte nicht wirklich klagen, ich bekam immer noch genug ab, um mich und meine Familie mit ein paar Leckerlis zu versorgen. Aber trotzdem.

Achja, von meiner Familie habe ich noch nichts erzählt, habe ja mittlerweile eine eigene. Ihr erinnert Euch noch an meine scharfe Cousine Choat, die mit der aparten weißen Feder und den edlen, wohlgeformten Krallen? War ja eigentlich klar, daß zwischen uns was laufen würde, hat halt nur gedauert. Hab sie ein bißchen zappeln lassen. Aber als dann das Nest fertig war, schön gespickt mit den weichen Fasern, die ich den Menschen entwendet hatte, wollte sie da gar nicht mehr raus. Hat mich an Ort und Stelle ermuntert und ich hab natürlich nicht gezögert, sie zu decken. Und nochmal, und nochmal. Es gab wohl keinen Ast auf dem Baum, auf dem ich nicht über sie hergefallen bin. Choat ist aber auch ein scharfes Ding, da kann man sich nicht zurückhalten. Und ihr hat es auch gut gefallen.

Naja, es dauerte nicht lange, da lagen dann Eier im Nest, da fing der Streß an. Erst mußte ich auch für Choat mit Futter suchen, dann für sie und die Kleinen. Da kamen mir meine Verbindungen zu den Menschen ganz recht. Kurz vorbeischauen, Streichel-Verbeugung machen, ein paar

Späßeken und mit Brotkanten im Schnabel zurück. Gelegentlich wollten mir andere Krähen die Kanten streitig machen, aber da kenn ich nichts. Einmal war ich unachtsam, hatte mich zu sehr beim Flug auf das Brot im Schnabel konzentriert, da hätte mich fast ein Milan erwischt. Schon gefährlich, so eine Familie zu haben.

Die übelste Erinnerung, die ich an diese Zeit habe, ist, als ich einmal zu Louise zum Futterholen flog. Sie war noch nicht da, also spazierte ich in so eine Menschenhöhle hinein und wollte mal schauen, ob dort nicht was Verwertbares drin lag. Doch als ich wieder raus wollte, war das Loch zur Höhle zu. Soweit noch okay, soweit nichts, was eine lässige Krähe aus der Ruhe bringt. Aber dann hörte ich das Monstrum aus der Ferne pfeifen und sein Pfad lag direkt neben der Höhle, in der ich mich befand. Da war mir aber ganz schön der Federschweif gegangen, das kannst du glauben. Vor allem, als ich dann die Geräusche des Monstrums direkt neben mir hörte, vielleicht gerade mal einen Flügelschlag entfernt, sein Dampf drang bis in diese Höhle, in der ich gefangen war. Keine Chance, dem Monstrum zu entkommen. Also bin ich an die andere Wand der Höhle geflattert, hab mich hinter dem rumstehenden Kram ganz klein gemacht und gehofft, daß es mich nicht findet. Der letzte Kontakt mit dem Monstrum war ja nicht so toll.
Ich mußte mich gut verborgen haben, denn nach noch einer Ladung Dampf und unerträglichem Lärm war das Ding abgezogen. Das war aber nichts für schwache Krähennerven! Als ich sicher war, daß das Monstrum weg war, habe ich noch gewartet und dann Radau gemacht, ich wollte nur noch raus aus dieser Höhle. Da öffnete sich das Loch und ich sah diesen Menschen mit einem Schießstock. Als wäre der Tag nicht schon übel genug gewesen. Ich hatte

Glück, daß ich neben dem Loch stand, zwei, drei Hüpfer und ich war draußen, dann ganz schnell in die Luft geschwungen und weg. Hab, wie wir Krähen sagen, die Krallen in die Flügel genommen und nichts wie zurück zum Nest. Und was gab es da?! Gemecker, weil ich nichts zum Futtern mitgebracht hatte! Undankbares Weibsvolk! Da riskiert man sein Leben, wurde um eine Federfahnenbreite getötet und wird dann mit „Warum hast Du nichts zu futtern??" begrüßt. Ich hatte den Schnabel voll und schickte sie los, selbst Futter zu suchen. So lange konnte ich auch auf den Eiern sitzen, bis sie was zum Schnabulieren gefunden hatte. Was für ein Tag! Hat echt gedauert, bis meine Flügel nicht mehr gezittert haben.

Die Kleinen haben in ihren Eischalen nichts vom Zittern gemerkt. Wir waren bereits bei der vierten Nachwuchsgeneration und sie hatten sich eigentlich alle ganz gut gemacht. Bis auf einen. Wir hatten beide mal das Nest verlassen und als wir zurückkamen, waren dort drei statt zwei Eiern drin. Wir haben uns nichts weiter dabei gedacht, vielleicht hatten wir uns auch einfach verzählt, konnte ja mal vorkommen. Naja, dann schlüpften die drei nach und nach, wurden aber immer weniger, bis wir nur noch ein Küken im Nest hatten. Für uns war das jetzt nicht schlimm, Küken fallen halt aus dem Nest, man kümmert sich um die verbliebenen. Das haben wir dann auch getan, das Junge wurde aber immer größer und größer, hatte braune Federn und sah so gar nicht nach mir aus. Aber egal, wir Eltern lieben unsere Kinder, wir haben das Küken großgezogen und irgendwann war es dann aus dem Nest fortgeflogen. Wobei ich Choat doch schon ein wenig im Verdacht hatte, daß sie mir nicht immer treu gewesen war. Der Kleine sah überhaupt nicht nach mir aus, braune Federn, andere Augenfarbe, ganz andere Statur, komischer Schnabel. Und ein bißchen merkwürdig hatte sich Choat in dieser Zeit schon benommen. Es gibt jedoch Sachen, über die man hinwegsehen muß.

Was tat ich nicht alles, um meine Familie zu erhalten? Ich, für meinen Teil, hatte mir nichts vorzuwerfen. Ich hatte die Anzahl der Futterquellen sogar noch erweitert. Zwar waren sie nicht immer zuverlässig, aber so ist die Natur nun einmal. Von dem Menschen neben Heinrich habe ich schon erzählt. Der immer so einen qualmenden Stock im Schnabel hatte. Der warf mir nun auch ab und zu mal was hin. Wegen des Köters hatte ich keine Angst, die Einflugschneise in die kahle Wiese vor seinem Hof war nur etwas klein. Daher mußte ich immer eine Zwischenlandung auf der Hecke oder auf seiner Höhle einlegen. Einmal, das war in einer der schlechteren Zeiten, hüpfte ich so neben ihm her, versuchte Futter aus ihm herauszulocken. Da schlug er dieses sonst qualmende Stöckchen gegen die Wand und es fiel etwas heraus. Ich hatte mich direkt drauf gestürzt, war ja hungrig. Und ich habe es nicht bereut! Das schmeckte wie nichts, was man in der Natur finden konnte. Ein bißchen so, wie verkohlter Mohn nach einem Feldbrand, allerdings tausendmal besser. Daß ein Mensch so was extra für mich machte, daß er extra mit qualmendem Stock im Mund herumlief, um mir so eine Delikatesse zu geben, unfassbar! Und ich hatte das viele Jahreszeiten lang nicht beachtet. Wie dumm kann eine Krähe sein?! Naja, jetzt warte ich immer drauf, daß das Qualmen aufhört und der Mensch mit dem Stöckchen gegen die Wand klopft. So ein Leckerli läßt man sich nicht entgehen. Aber er ist auch der einzige, den ich damit gesehen habe. Und glaubt mir, ich habe mir die Menschen genau angeschaut, es gibt wahrscheinlich keine Krähe, die die Menschen so gut kennt, die die Menschen so gut dressiert hat wie ich. Ich hatte ja viel Zeit dafür.

Kapitel 15

Die alte Kräuterfrau hatte auch viel Zeit. Zeit um Nachzudenken, Zeit um Kräuter zu sammeln, Zeit um neue Kräutertränke auszuprobieren, aber auch, um dem Müßiggang zu frönen. Gerade im Sommer, wenn genug Vorräte gesammelt waren, die Sonne aber noch hoch am Himmel stand, setzte sie sich gerne auf einen umgefallenen Baum und betrachtete von dort das Tal. Unter ihr, wie eine gerade Linie in der Landschaft, die Bahnstrecke, rechts das Städtchen Haßlieb, links das Dorf Gretenbach. Rechts ein Dorf, das sich als Stadt bezeichnete, links ein Weiler, dem nur der Bahnhof den Status eines Dorfes verlieh. Rechts hannöverisch und evangelisch, links hessisch und katholisch. Und als Verbindung die Bahnlinie.

Gern dachte sie über die Unterschiede nach. Im Hessischen schimpften die Eltern „Du sollst net als so redde!", im Hannöverschen gaben sie gleich mit dem Stock auf die Finger. Unterschiede bestanden in der Sprache, dem „als", „Schlappen" und „gell?" auf der hessischen Seite, dem hannöverschen Platt mit „duern'd", „Schaken" und „oder?" auf der anderen Seite.

Alle gingen am Sonntag in die Kirche, sie hörte die Glocken aus beiden Dörfern, und doch war sie in keiner der Kirchen willkommen. Nicht, daß es sie zum Gottesdienst oder der Messe gezogen hätte, aber so unterschiedlich sie sich auch gebärden mochten, so einig waren sich die Religionsvertreter in der Ablehnung der Kräuterfrau. Zu den Taufen der Kinder, die sie vorher mit ihren Händen auf die Welt gebracht hatte, war sie nie erwünscht. Bei den Todesfällen bezahlte man sie als Klageweib und für die Totenwaschung, doch bei den Beerdigungen wurde sie nicht gern gesehen.

Da waren sich beide Pfaffen einig. Auch wenn sie sonst die Unterschiede betonten, sich gegenseitig verdammten, ihre Schäfchen nicht untereinander heiraten ließen, bei solchen Sachen standen sie beide firm.

Auch die Eisenbahnlinie trennte die Menschen eher, als daß sie sie verband. Von Göttingen im Hannöverschen, über Buchenberg, Hessisch-Hausen (von allen nur „Hausen" genannt) und Gretenbach im Hessischen lief sie weiter über das Welfengebiet mit Haßlieb, Hannöversch-Burg (von allen nur „Burg" genannt) und Spuhle bis sie dann wieder im hessischen Cassel endete. Die Menschen stiegen in ihrem Landesteil zu und in ihrem Landesteil wieder aus, den jeweils anderen durchfuhren sie nur.

Lediglich die Bauern hielten sich nicht an die Grenzen. War in Hannöversch-Burg Markttag, so fanden sich auch Bauern aus Gretenbach, war in Hessisch-Hausen Kirchmeß, so wurde diese auch von den Haßlieber Bauern beschickt. Die fremden Waren waren begehrt, wurden sie doch meist zu niedrigeren Preisen gehandelt, als die heimischen. Zwar blickte man im Hannöverschen auf die hessische Qualität hinab und andersherum, doch überwand der günstigere Preis lokale Vorbehalte. Niemand würde je den Unterschied zwischen einer hessischen und einer hannöverschen Kartoffel herausschmecken, sofern man das denn jemals wirklich testen sollte.

Die Grenze trennte die Menschen. In Haßlieb ging man so weit, daß man anstatt eines Gockels das hannöversche Roß auf den Kirchturm setzte, um die Windrichtung zu bestimmen und jedem Hessen zu zeigen, daß er hier in einem fremden Land war. In Gretenbach zierte der hessische Löwe aus dem gleichen Grund die Kirchturmspitze. Erst weiter im Landesinneren beruhigte man sich und ließ die Wetterfahne einen Gockel sein. Gut, daß diese dünkelhaften Deutschen nicht wußten, daß der stolze Hahn das Nationaltier der soeben besiegten Franzosen war, sonst hätten sie auch den Gockel vom Kirchturm verbannt.

Schlimmer als die Landesgrenzen trennten die Religionen die Menschen. Verdammte die eine Seite die Protestanten ins Fegefeuer, so predigte die andere die sichere Hölle für die Papisten. Auch Liebe konnte diesen Haß nicht überwinden. Erst vor kurzem war der Müllerknecht aus Haßlieb mit einer Dienstmagd aus Gretenbach durchgebrannt, die er bei der Kirchmeß kennengelernt hatte. Keiner der beiden Stellvertreter Gottes hätte sie getraut, weil sie der jeweils anderen Färbung der gemeinsamen Religion anhingen. In Haßlieb wäre die Magd immer die Katholin geblieben, in Gretenbach der Knecht immer der Ketzer. Da war es besser, wenn sie sich für ihre Liebe ein neues Land suchten, eines, in dem kein Fegefeuer zwischen ihnen stand. Wie man munkelte, waren sie nach Amerika gegangen.

Auch die alte Kräuterfrau hatte einst nach Amerika auswandern wollen. Ihre Eltern hatten Geld gespart. Nach der Restauration waren sie im eigenen Land nicht mehr willkommen, wollten, daß zumindest ihre Tochter es besser hatte, in einem Land aufwuchs, in dem Liberté, Fraternité und Egalité noch etwas galten. Doch die Hungersnöte hatten das Geld der Eltern aufgefressen und der deutsch-französische Krieg die Kräuterfrau schließlich nach Deutschland gespült. In diesen Wald zwischen zwei Ländern, die doch Teil eines großen Landes sein sollten. In diesen Wald, wo sie allein war, es niemanden für Fraternité gab, sie ihre Liberté unendlich groß war, ihr Zeit und Stunden egal sein konnten.

Kapitel 16

Unendliche Stunden für Heinrich. Unendliche Qual. Konjugationen, Lokativ und Zeitformen, wieder und wieder, unterbrochen nur von Übersetzungen ins Lateinische, diese Sprache, die ihm vollkommen egal war. Unendliche Qual.

Unendliche Erleichterung, als nach den regulären Stunden dann endlich auch das Nachsitzen ein Ende nimmt, der Ranzen gepackt und die Schule verlassen werden kann. Befreites Aufatmen auf dem Weg zum Bahnhof, aber auch Müdigkeit, Erschöpfung, Schmerz in der rechten Hand. Vom Stock des Schulmeisters gezeichnet.

Die anderen Pennäler sind bereits zu Hause, Heinrich schleppt sich allein zum Bahnhof, steigt in den gerade einfahrenden Zug ein, setzt sich. Erschöpfung. Nur kurz die Augen schließen.

Als er sie wieder öffnet, zieht eine fremde Landschaft am Zugfenster vorbei. Unten schlängelt sich der vertraute Fluß, durch nicht vertraute Weiden, er muß eingeschlafen sein. Voller Panik nimmt er seinen Ranzen und steht auf. Heinrich muß an der nächsten Station aussteigen, muß zurück fahren, oder laufen. Er weiß nicht, wie lange er eingenickt war, wie viele Stationen er verschlafen hat. Die Lokomotive stößt ein Pfeifen aus, die nächste Station wird nicht mehr weit sein. Der Zug wird langsamer, der Bremsvorgang beginnt, endlich steht er. Heinrich springt vom Waggon, sein suchender Blick findet das Stationsschild: Gretenbach. Zum Glück hat er nur eine Station verschlafen. Heinrich geht zum Fahrkartenschalter, fragt nach dem nächsten Zug nach Haßlieb. Eine freundliche Frau, die gar keine Bahnuniform trägt, verkauft ihm ein Billett für den Abendzug, der in etwas über einer Stunde kommt. Nach Hause laufen wäre zu weit gewesen, außerdem sieht es nach Regen aus, daher investiert Heinrich sein mageres Taschengeld in die Fahrkarte. Er setzt sich auf die Bank vor der Fahrkartenverkaufsstelle und holt seine Bücher raus. Mutter wird sauer sein, wegen des Zuspätkommens und wegen des Nachsitzens. Da ist es wichtig, zumindest die Hausaufgaben schon erledigt zu haben, denkt Heinrich. Zum Glück waren es nicht viele. Als er fertig ist, nimmt er sich sein Naturkundebuch und liest. Was für ein Tag!

Kapitel 17

Die dunklen Wolken des nahenden Regens hatten sie von ihrer Wiese vertrieben, ihre Lektüre des Tages unterbrochen. Louise packte ihre Sachen und verließ ihre Lieblingswiese, machte sich heimwärts. Es war zwar noch nicht Zeit für den Abendzug, aber besser daheim und trocken, ehe das wertvolle Buch naß wurde, dachte sie sich. Da der Regen nicht so schnell beginnen würde, hatte sie keine Eile, sie schlenderte den Pfad zum Bahnhof hinab. Der gewohnte Anblick des Bahnhofsvorplatzes, die Gardinen vor den Fenstern der Bahnhofsvorsteher-Wohnung. Es waren noch ein paar Minuten bis zum Abendzug, da lohnte es sich nicht, hoch zu gehen. Sie ging auf den Bahnsteig, in Erwartung ihn leer zu finden, nur ihren Vater im Büro. Doch ihre Bank war besetzt, ein Junge, etwas älter als sie, mit Brille, war in ein Buch vertieft. Ein Fremder, kein Junge aus dem Dorf. Sie setzte sich zu ihm, auf das andere Ende der Bank. Er sah auf, sah sie an, wendete seinen Blick wieder dem Buch zu.

„Ei gude", sagte sie.

Er antwortete widerwillig „Hallo".

„Was lieste da?" erkundigte sich Louise neugierig.

„Naturkunde, für die Schule" kam von ihm.

„Ei, wie spannend", versuchte sie das Gespräch am Laufen zu halten.

„Naja, geht so", war seine widerwillige Antwort.

„In welsch Klass gehste?", sie hörte aber auch nicht auf, zu fragen.

Seine Auskunft war kurz angebunden: „Ich bin Quartaner."

„Ah, isch kenn aach welch uss de Kaff, wo in Hausen zur Schul gehe. Hasta wen besucht, gell? Isch kenn Disch net" drängte sie weiter.

Eigentlich war Heinrich ja ganz froh, sein Leid klagen zu können: „Nee, ich gehe in Burg zur Schule und hab nur verpennt, in Haßlieb auszusteigen. Jetzt muß ich den nächsten Zug zurück nehmen."

„Ei, den hör ich scho kumme, ich bin Louise" stellte sie sich vor.

„Ja, jetzt seh ich ihn, ich bin Heinrich" antwortete er.

„Tschüß"

„Tschüß"

Kapitel 18

Es waren nicht viele Worte, die die beiden wechselten. Und doch so ein schicksalhafter Moment für uns Krähen. Daß diese beiden sich einmal besser kennenlernen würden, stand noch in den Sternen, daß sie unsere Rettung sein würden, ebenfalls.

Und ich hatte das Ganze noch nicht einmal mitbekommen, war gerade bei dem Qualm-Menschen und versuchte, ihm ein Leckerli aus den Federn zu leiern. Es hat mich schon gewundert, daß Heinrich nicht zu Hause war, denn es wurde langsam dunkel. Gelegentlich schaute ich rüber zu seiner Behausung, aber kein Zeichen von ihm. Nur seine Mutter war da, und der wollte ich nicht begegnen.

Das Stöckchen hörte auf zu qualmen, der Mensch klopfte es an die Wand und dort fiel auch schon das erwartete Leckerli für mich ab. Endlich. Ich machte noch ein bißchen Zirkus, hüpfte ein wenig neben dem Menschen her, sagte artig „Dankeschön", die ganze Zeit mit einem Auge auf dem Leckerli. Als klar war, daß es nicht mehr geben würde, hüpfte ich dorthin, holte es mir, schluckte einen Teil hinunter und flog dann mit dem anderen zum Nest. Ich querte dabei den Weg des dampfenden Monstrums, natürlich in sicherer Höhe. Im Nest wartete Choat schon, erfreut über das Leckerli, schimpfte aber natürlich, daß es nichts Nahrhafteres war. Weibchen halt. So mußte ich noch einmal los, es wurde schon langsam dunkel und Regen nahte. Kein guter Zeitpunkt bei Louise oder Heinrich vorbei zu schauen, die waren bestimmt schon in ihren Höhlen.

Also zu dem Waldweibchen. Da konnte man auch vorbei schauen, wenn es schon dunkel wurde, in ihre Höhle durfte ich auch hinein spazieren. Diese Nahrungsquelle hatte ich mir erst vor kurzem aufgetan, eher durch Zufall. Als ich im Wald nach ein paar Nüssen suchte, natürlich die ganze Zeit die Augen offen haltend wegen der Füchse, lief sie mir über den Weg. Ich flatterte erst auf einen niedrigen Ast, um zu schauen, ob von ihr Gefahr ausging. Sie hatte keinen Schießstock dabei und ging auch nicht drohend auf mich zu, gurrte mir stattdessen nur ein paar dieser komischen Menschenlaute zu und ging weiter. Das klang nicht böse, deshalb flatterte ich neben sie und begleitete sie ein wenig. Wir hatten es gar nicht weit, denn ihre Höhle war gleich in der Nähe. Die war mir gar nicht aufgefallen, hatte die doch eher Ähnlichkeit mit einem unserer Nester als mit den Menschenhöhlen, die meist aus Steinen gebaut waren. Als wir am Eingang ankamen, machte ich noch meine Streichel-Verbeugung, bekam was ich wollte und sogar noch was zu Futtern dazu. Nicht so viel wie bei den anderen Menschen, aber immerhin ein wenig Brot. Und so schnell gelernt, was ich wollte, hat noch kein anderer Mensch.

Seitdem besuchte ich das Waldweibchen gelegentlich. Sie war nicht so weit weg wie Louise, Heinrich oder der Qualmmensch und vor allem brauchte ich bei ihr nicht zu warten. Einfach ein paar Mal mit dem Schnabel an das Eingangsholz geklopft und entweder sie machte auf oder sie war nicht da. Praktisch und nah.

Doch alles hat seine Schattenseiten. Bei ihr bekam ich nie so viel oder so tolle Sachen wie bei den anderen, aber für Situationen wie jetzt war das egal. Ihre Katze hatte Respekt vor mir, die verkroch sich immer, wenn ich klopfte. Nachdem mich Choat fortgeschickt hatte, flog ich also dorthin, klopfte zweimal gegen das Eingangsholz und sprang zur Seite. Zum Glück war sie da, ich senkte den Kopf, machte die Streichel-Verbeugung und sie bat mich herein. Das war das Besondere bei ihr, ich durfte auch mit in ihre Höhle. Da gab es jede Menge Sachen zu sehen: Auf geraden Ästen an den Wänden getrocknete Pflanzen in durchsichtigen, harten Gefäßen, die einen komischen Klang von sich gaben, wenn ich dagegen hackte. Das habe ich nur einmal gemacht, da war die Alte aber sauer auf mich, das könnt Ihr glauben! Seitdem bin ich dort immer auf dem Boden geblieben, erschien mir sicherer. Ich wollte mir ja nicht meine Futterquellen vergraulen. Auf dem Boden standen andere Gefäße, auch sehr hart, manche glänzten in den Farben des Sonnenunterganges und gaben einen Ton von sich, wie er von den hohen Menschenhöhlen manchmal kommt. Ihr wißt schon, dieser Lärm, der mich am Anfang in dem Loch in Angst und Schrecken versetzt hatte, mir direkt unters Gefieder ging. Mittlerweile wußte ich, daß er aus diesen baumhohen Menschenhöhlen kam. Das schien eine von den menschlichen Eigenarten zu sein. Denn wenn der Lärm kam, dann gingen ganz viele Menschen zu dieser Höhle. Dann kam der Lärm noch einmal und die Menschen verließen diese Höhle wieder. Sonst schien da keiner drin zu nisten. Ziemlich umständlich, aber damit Ihr das versteht: Das ist ein bißchen wie unser Beratungsbaum. Statt einmal über den Schwarm hinwegzufliegen (können Menschen doch nicht, die haben ja keine Federn an den Flügeln, nur 5 Krallen) und mit ein paar kurzen Worten alle zum Beratungsbaum zusammen zu rufen, machen die halt diesen Lärm und treffen sich dann in dem Riesending, um sich zu beraten. Wie unsere Beratungsbäume meistens besonders große Exemplare sind, ist auch die menschliche Beratungshöhle höher und größer als die anderen Höhlen. Vielleicht waren die Menschen schlau genug und haben sich das von uns Krähen abgeschaut. Aber ich schweife ab.

Das Waldweibchen hatte also diese Gefäße, die die Farbe eines Sonnenunterganges hatten und den Klang der Beratungshöhle (nur leiser, zum Glück). Gegen die durfte ich auch hacken, da hat sie nicht geschimpft. Ich habe das aber nicht zu oft gemacht, man muß ja sein Glück nicht überstrapazieren.
Diese Gefäße standen manchmal auf einem eigenen Feuer. Ich hatte ja schon vieles gesehen, dieses qualmende Stöckchen mit dem Leckerli drin, dieses qualmende Monster, die mich angefahren hatte, aber das Waldweibchen hatte tatsächlich in ihrer Höhle aus Holz ein eigenes Feuer!
Da war ich natürlich erst einmal baff und wollte eigentlich schon gleich wieder aus der Höhle raus, bevor die komplett in Flammen aufging. Das Eingangsholz war aber zu, daher konnte ich nicht raus. Also erst einmal dagestanden, es blieb mir nichts anderes übrig, als mir die Sache in Ruhe anzuschauen. Das Feuer war eingerahmt von Steinen in einer eigenen kleinen Höhle. Nach ein paar Minuten Beobachtung war mir klar, daß es aus der kleinen Höhle auch nicht rauskam, denn es wurde nicht größer. Ihr wißt

ja, Feuer ist ein großer Feind der Krähen. Wenn es einmal ausbricht, dann verschlingt es die Bäume, in denen wir nisten, zusammen mit den Nestern und unseren Kleinen. Viele Tiere sterben, so daß man sich danach den Bauch vollschlagen kann. Aber deren Fleisch schmeckt dann auch nicht gut, schmeckt eben nach Feuer. Und jede Krähe weiß, daß aus einem kleinen Feuer ganz schnell ein großes werden kann. Das ist eine der ersten Sachen, die einem die Eltern erzählen, noch bevor man das erste Mal ein Feuer selber gesehen hat.

Aber das Waldweibchen schien das Feuer gezähmt zu haben, denn sie ging ganz normal damit um, statt zu flüchten. Sie stellte sogar eines dieser wie Sonnenuntergang-glänzenden Gefäße mitten rein. Das mußte aus einem besonderen Stein gemacht sein, denn es verbrannte nicht, wie auch die Felsen vom Feuer unberührt bleiben. Das Feuer frißt alles von ihnen weg, doch die Felsen bleiben unverändert. Langsam traute ich mich näher ran, um mir die ganze Sache mal aus der Nähe anzusehen. Ein kleines Feuer, darauf dieses schön glänzende Teil und die Flammen schlugen drumherum, ohne daß es anfing zu brennen. Faszinierend!

Feuer, ohne daß es die Höhle abbrannte und dann auch noch fast ohne Qualm und Rauch, da hatte das Waldweibchen schon was ganz Besonderes. Das sollten die anderen Menschen ihr mal nachmachen!

Kapitel 19

Der Qualm und Rauch der Lokomotive zieht über den Bahnhof hinweg, als Heinrich in Haßlieb aussteigt. Endlich daheim. Er geht den langen Weg vom Bahnhof hinunter in den Ort, am „Gasthaus Dürre" vorbei, in dem die meist eher wohlbeleibten Handelsreisenden abstiegen. Ihm ist klar, daß er Ärger bekommen wird, daß ihm kein schöner Abend bevorsteht. Die Sonne ist schon fast untergegangen, von Hessen her zieht der Regen auf. Er beeilt sich, hastet über den Hof, legt seine Schulmappe kurz im Eingang ab und versorgt die Viecher. Abraxas ist nicht da, er hätte jetzt auch keine Zeit für ihn.

Heinrich zieht die Stiefel aus, die Treppe hoch zur Wohnung fällt ihm schwer, aber es hilft nichts. Die Mutter hat seine Schritte gehört, steht schon oben auf dem Treppenabsatz mit einem Gesicht, das nichts Gutes verheißt. Bevor er noch erklären kann, was passiert ist, beginnt sie zu schimpfen. Da hilft nichts, diesen Gewittersturm muß er ertragen. Als sich die Wolken wieder lichten und seine Mutter fragt, ob er überhaupt schon etwas gegessen habe, schüttelt er betrübt mit dem Kopf. Vater sitzt am Eßtisch, fragt ihn, was los war, da bricht es aus ihm heraus. All die Demütigungen des Nachsitzens, die Schläge von Schulmeister Hofer, das stundenlange Herumsitzen am Gretenbacher Bahnhof und Eintauschenmüssen seines Taschengeldes für einen Rückfahrschein – das alles bricht sich Bahn in Tränen. Tränen, für die er als 13jähriger eigentlich viel zu stolz ist. Aber das Leiden heute war viel, zu viel für ihn. Die Mutter sagt nichts, stellt ihm Teller, Brot, Butter und Messer hin, dabei legt sie ihm kurz die Hand auf seine Schulter. Er erzählt noch, daß er die Hausaufgaben bereits erledigt hat, ißt stumm und geht dann direkt ins Bett, während der Regen auf das Dach trommelt.

Der nächste Tag beginnt mit Sonnenschein und das ist auch gut so. Zum Glück ist dieser Tag wie jeder normale Tag, ohne Nachsitzen, ohne Einschlafen im Zug. Als er in der Bahn nach Burg sitzt, muß Heinrich an das Mädchen mit den weizenblonden Haaren denken, daß er in Gretenbach am Bahnhof getroffen hat. Warum, weiß er auch nicht. Und als er später seinem Vater hilft, den Weizen auszusäen, muß er daran denken, daß dieser in wenigen Monaten die Farbe ihres Haares haben wird.

Beim Weizen aussäen muß man vorsichtig sein. Gerade jetzt, wo das Saatgut knapp ist, zählt jedes Korn. Auch früher schon hat er beim Aussäen Abraxas immer weggescheucht. Am ersten Abend muß immer Wache gehalten werden, damit die Krähen sich nicht auf das Feld trauen. Andere Wachen schießen mit ihren Schrotflinten auf die Krähen, Heinrich schießt immer nur in die Luft, wenn sie sich nähern. Dann drehen die von ganz alleine ab.

Das sind so die Dinge, die man im Leben lernt: man kann auch Schießen ohne zu töten. Andere Dinge, die man lernen muß, fallen da schon weitaus schwerer. Zum Beispiel Latein.

Kapitel 20

Louise hingegen fiel Latein in der Schule in Hausen gar nicht so schwer. Vielleicht, weil sie es nicht so oft, nicht so intensiv wie Heinrich lernen mußte. Vielleicht aber auch, weil sie viele lateinische Vogelnamen schon seit Jahren aus den Büchern kannte. Die anderen Fächer in der Schule fielen ihr viel schwerer, das Sticken, das Nähen. Sachen, von denen wir nicht wissen, ob sie Heinrich leicht von der Hand gegangen wären, denn er lernte sie nie.

Wenn man Louise nach ihrem Hobby gefragt hätte, hätte sie mit „Ornithologie" geantwortet, einem Wort griechischen Ursprungs. Und wenn jemand sie fragte, wen sie einmal heiraten wollte, so antwortete sie „Niemanden, ich werde Ornithologin." Das verstand keiner, es war ihr immer ein Vergnügen, dann zu erklären, daß sie Forscherin werden würde, Vogelforscherin. Und dazu brauchte man keinen Mann.

Eine Forscherin war sie schon jetzt, auch wenn sie manchen eher als „Spinnerin" bezeichnet wurde. Nach der Schule und dem Erledigen der Hausaufgaben verbrachte Louise die meiste Freizeit damit, im Wald und auf den Wiesen herumzustreunen und Vögel zu beobachten. Stets hatte sie einen Stift und ihr Notizheft sowie das vom Vater stibitzte Militärfernrohr auf diesen Touren dabei. Sie notierte minutiös, wie sich die Vögel verhielten, an welchen Bäumen die Spechte klopften, wie viele Junge die Stare aufzogen. Nicht selten kletterte sie dafür sogar auf Bäume, um die genaue Anzahl der Vogeleier in den Nestern zu vermerken und dann später mit der Anzahl der flüggen Jungen vergleichen zu können. Sie wußte, was die verschiedenen Vögel fraßen, beobachtete Elstern und Krähen beim Plündern fremder Nester, sah zu, wie der Habicht aus seiner eleganten Flugbahn niederstürzte, um

Tauben zu schlagen. Wenn sie ein aus dem Nest gefallenes Küken fand, steckte sie es in eine Schachtel und nahm es mit, um es aufzuziehen. Die meisten von Ihnen wurden dank ihrer Pflege auch flügge, unternahmen in der Volière ihre ersten Flugversuche, um später in die Freiheit des hessischen Waldes entlassen zu werden.

So zog sie auch die verletzten Vögel auf, die sie bei ihren Streifzügen fand, die Heilsalben der Kräuterfrau wirkten bei den winzigen Geschöpfen wahre Wunder. So kam es, daß die Kräuterfrau mehr und mehr ihres Wissens weitergab. Mittlerweile sammelte Louise die Kräuter selber, bereitete selbst die Pasten und Verbände und brauchte nicht mehr jedes Mal den Weg zur Hütte auf sich zu nehmen. Sie schaute nur noch gelegentlich auf ihren Streifzügen vorbei, um „Ei gude" zu sagen, neue Tinkturen zu lernen oder um der Kräuterfrau zuzuhören. Denn die erzählte nicht nur von ihren Medizinalien, sondern auch aus ihrem Leben. So lernte Louise die ersten französischen Wörter nicht in der Schule oder aus Büchern, sondern von einer alten Frau, die im Wald lebte.

Für die Dorfmädel in Gretenbach reichte es schon, daß Louise nicht mit ihnen unter einer Decke steckte, nicht mit ihnen zusammen Bänder bestickte oder Glasperlen aufreihte. Daß sie sich auch noch mit der alten Hexe abgab, war dann aber deutlich zu viel. Die meisten hielten zu ihr nur noch den notwendigsten Kontakt, um Hausaufgaben abzuschreiben oder Vogelfedern für ihren Schmuck zu bekommen.

Jeden anderen hätte diese Isolation bedrückt, doch Louise war nicht einsam. Nicht inmitten der Vögel, nicht auf ihren vertrauten Pfaden im Wald, auf denen die Krähe sie oft begleitete, nicht bei der alten Kräuterfrau und nicht in den Armen ihrer Mutter, in die sie sich zu Hause gern schmiegte.

Der Mutter hingegen machte das schon Sorgen. Wie sollte man so eine Einzelgängerin vernünftig verheiratet bekommen? Daß Louise nicht heiraten wollte, konnte man noch als kindliche Spinnerei abtun. Aber wo sollte sie einen Mann finden, der eine Frau wollte, die entweder im Wald herumlief oder über Bücher gebeugt war? Ob sie einen Fehler bei der Erziehung gemacht hatte? Dem Kind zu viel Freiraum gewährt hatte? Zum Glück waren es noch ein paar Jahre, bis sie ins heiratsfähige Alter kam. Vielleicht wuchs sich das auch einfach wieder aus. Daß Louise gerade vor kurzem einen Jungen getroffen hatte, der ihr im Kopf herumschwirrte, konnte die Mutter nicht wissen. Noch weniger, daß diesem Jungen das Mädchen mit dem weizenblonden Haar auch nicht mehr aus dem Kopf ging.

1900, 12. JAHR DER REGIERUNG KAISER WILHELMS II.

Kapitel 21

Sie ging ihm damals nicht aus dem Kopf, dem heute sehr dicken Kopf. Es ist schon wieder einer dieser Tage. Nach einer dieser Nächte. Zum Glück muß Heinrich heute in keine Vorlesung, nicht zur Uni, nur mit der Vorbereitung für die nächste Klausur liegt er schon ziemlich zurück.

Das neue Jahrhundert hat nicht so gut angefangen. Oder auch zu gut, je nachdem von welcher Seite man es betrachtet. Seit er in seiner schlagenden Verbindung vom Fux zum Corpsburschen aufgestiegen war, mußte er noch mehr saufen als vorher. Die vielen Besuche in vollen Farben bei den anderen Burschenschaften waren zwar spaßig, der darauf folgende Morgen aber nicht.

Gut, daß die ganzen Pflichten eines Fuxes ihm nun nicht mehr aufgetragen wurden, an solchen Morgenden wie heute wäre er aber gern degradiert. Er fühlt sich degradiert, kaum menschlich, ein schaler Geschmack im Mund, Moos auf der Zunge, eine Lokomotive im Schädel. Jede Bewegung schmerzt. Er dreht sich noch einmal um im Bett, noch ein bißchen ausruhen, bevor man dem Tag entgegentritt, noch ein paar Minuten.

Ein Fux öffnet lautstark die Tür zu dem Zimmer, das er sich mit seinem Kommilitonen Gerhard teilt, reißt die Vorhänge auf, brüllt „Aufstehen, das Konterbier wartet!" Heinrich und Gerhard verfluchen ihn, obwohl sie wissen, daß er nur auf Anweisung des Fuxmajors handelt. Bis vor kurzem mußten sie beide selber noch diesen Weckdienst übernehmen. Da konnte man sich gut an den Corpsburschen rächen, mußte aber deutlich früher aufstehen, die Stiefel der Burschen vorher putzen, um dann in voller Montur, geschniegelt und gebürstet, zum Weckdienst anzutreten. Das glich den Moment der Rache nicht aus, vor allem nicht an Tagen wie diesem.

Widerwillig zieht Heinrich seine bierbesudelten Klamotten von gestern an, schleppt sich zum Kneipenraum. Zum Glück sehen die anderen auch nicht besser aus als er. Wie sie da mit ihren Bierkrügen und Brottellern an den Tischen sitzen, bietet sich ihm ein Bild, das eher die Frage nach der Abstammung des Menschen vom Affen beantwortet, als daß es die zukünftige Elite des deutschen Vaterlandes abbildet.

Heinrich setzt sich an seinen Platz, nimmt einen Schluck aus dem bereitstehenden Bierkrug. Schmeckt zwar noch nicht, aber es wird helfen. Nachdem sein Mund auf diese Weise angefeuchtet ist und sich nun nicht mehr voller Moos anfühlt, traut er sich auch, einen Bissen von dem vorbereiteten Butterbrot zu nehmen. Langsam steigt auch der Geräuschpegel im Kneipenraum wieder, das Bier weckt die Lebensgeister. Noch nicht bei Heinrich, aber zumindest bei den anderen.

Trotz des dauernden Saufens fühlt er sich in der Verbindung wohl. Es war schwer hineinzukommen. Nur die Fürsprache seines Onkels, der hier Alter Herr ist, hat es ihm ermöglicht, direkt im ersten Semester Mitglied der Verbindung zu werden.

Die Vorteile sind unbestreitbar: Ein günstiges Zimmer, Hilfe beim Lernen und Kameradschaft. Heute spürt Heinrich aber die drei Nachteile: Kater, Kater und Kater. Wie auch immer. Er wird das Frühstück verdrücken und rechtzeitig vor dem Folgebier verschwinden, um noch etwas Staatsrecht zu lernen. Das Nahen der Klausur bedrückt ihn. Es liegt ihm einfach nicht, mit lateinischen Ausdrücken um sich zu werfen, um juristische Spitzfindigkeiten zu beschreiben. Aber was sollte er sonst tun?

Theologie? Er hätte die Gemeinde seines Vaters oder eine andere im Sprengel übernehmen können. Aber das lag ihm noch weniger.

Medizin? Noch mehr Latein, keine Chance!

Ingenieurswesen? Mathematik war fast so schlimm wie Latein.

Ökonomie? Das machte man, wenn man die Handelsfirma oder Bank der Eltern übernehmen sollte.

Germanistik, Geschichte oder Naturwissenschaften? Damit konnte man keine Familie ernähren.

Also blieb die Jurisprudenz übrig, mit nur ein bißchen Latein und vielen Spitzfindigkeiten. Das Studium mußte man hinter sich bringen, dann stand einem die gehobene Laufbahn im Staatsdienst offen. Oder vielleicht auch ein Platz in einer Anwaltskanzlei. Wobei sich Heinrich auf den Staatsdienst festgelegt hatte. Ein sicherer Arbeitgeber, keine zahlungsunwilligen Klienten, Aufstiegsmöglichkeiten, ein Haus, eine Familie, eine sichere Pension.

Sein Vater war mit der Wahl einverstanden gewesen, seine Mutter hatte versucht, ihn zur Theologie zu drängen. Die Standpunkte waren eskaliert, bis der Vater zum zweiten Mal in seinem Leben auf den Tisch gehauen und die Mutter angebrüllt hatte „Willst Du etwa, daß auch der Junge im Winter hungern, sich bei den Gemeindegliedern einschmeicheln muß, nur damit er überleben kann? Obwohl er zum Prediger nichts taugt, er schon bei der Konfirmation kaum seine Sätze vor der Gemeinde herausbekommen hat? Willst Du das?! Laß ihn in die Juristerei gehen, er soll ein besseres Leben haben als wir. Ende der Diskussion.“

Das war es dann auch, die Mutter erwähnte das Studium der Theologie nie wieder und Heinrich begann in Göttingen mit Jura und trat der Burschenschaft bei.

An den Wochenenden besucht er die Eltern recht häufig, obwohl er erst in Göttingen gemerkt hat, wie anormal die Strenggläubigkeit seiner Mutter ist. In der Verbindung hörte er so manche Gotteslästerung, die Studenten fluchten genauso wie die Bierkutscher, von denen sie beliefert wurden. Vor dem Essen wurde nicht gebetet, nur an Sonn- und Feiertagen waren sie gehalten, in Farben und vergleichsweise nüchtern zum Gottesdienst zu erscheinen. Das tut Heinrich auch zu Hause, voller Stolz nimmt er die Bahn, gekleidet in seiner Verbindungsuniform und sitzt dann in vollem Wichs in der Kirche seines Vaters in den vorderen Reihen, nicht mehr auf der Empore. Die Glocke läutet nun ein Konfirmand. Und Heinrich bemerkt die Kunstfehler, bemerkt, wenn zu lang oder zu kurz geläutet wird, springt im Geiste bei „Denn Dein ist das Reich" ab, um die Glocke ausklingen zu lassen. Das tut der Konfirmand nicht, es hallt sogar noch zweimal nach.

Nach dem Gottesdienst nimmt er regelmäßig die Glückwünsche und neugierigen Fragen zum Studium hin, beantwortet sie, hört sich geduldig die Studiengeschichten („meine wilde Studentenzeit, hach, wir haben die Nacht zum Tag gemacht") der Honoratioren an und geht dann gemeinsam mit Mutter und Vater ins Pfarrhaus. Manchmal erwartet ihn Abraxas, er scheint fast von dem Glockengeläut herbeigerufen zu sein. Heinrich freut sich immer, ihn zu sehen. Wie Vater und Mutter ist die Krähe eine Konstante in seinem Leben, ein Stück Heimat.

Nach dem Sonntagsmahl zieht er sich um, geht dem Vater mit diesem und jenem zur Hand, nur um kurz vor dem Abendzug seine Verbindungsuniform wieder anzuziehen und mit ein paar hausgemachten Leckereien der Mutter in der Hand zum Bahnhof zu eilen. Den Rest des Sonntages verbringt Heinrich dann meist lernenderweise, um am nächsten Morgen wieder in einer langweiligen Vorlesung zu sitzen.

Doch dieses Wochenende war er nicht zu Hause, dieses Wochenende mußten sie zweimal auf Kneipe bei rivalisierenden Verbindungen. Und dieses Wochenende hängt ihm jetzt nach, er wird den heutigen Montag, die Seminare, die harten Bänke der Vorlesungssäle irgendwie hinter sich bringen müssen.

Kapitel 22

Am gleichen Montag drückte auch Louise die Bank, allerdings noch die Schulbank. Sie besuchte die Abschlußklasse der höheren Mädchenschule in Cassel, als einzige aus Gretenbach. Die meisten anderen Mädchen aus ihrem Dorf hatten direkt nach der Volksschule aufgehört und bei ihren Eltern auf dem Hof angefangen, viele waren schon verlobt. Auch Louises Mutter drängte. Schließlich hatten sie und der Vater doch als Bedingung für den Besuch der höheren Mädchenschule vorgegeben, daß direkt im Anschluß geheiratet wurde. Sie war jetzt immerhin schon 16 und immer noch nicht verlobt. Aber der Richtige war Louise einfach noch nicht über den Weg gelaufen, nicht in Gretenbach, nicht in Cassel, nicht auf der Kirchmeß. Obwohl so mancher Bursche mit dem blonden Mädel tanzen wollte, war keiner dabei, der sie interessierte. So tat sie sich schwer damit, sich an ihr Versprechen gegenüber den Eltern zu halten.

Aber zunächst mußte der Abschluß geschafft werden. Eigentlich wäre das gar nicht so schwierig gewesen, alle Fächer für die man lernen konnte, schaffte sie mit links. Nur die Haushaltsfächer, die Handarbeiten, darin würde sie nie eine Meisterin werden. Und dies waren die Fächer, die in der Höheren Mädchenschule zählten. Im Kochunterricht hatte sie einen Eintopf anbrennen lassen, die Muster ihrer Stickereien waren nur schwer zu erkennen (sollten natürlich Vögel darstellen) und auch in der gestaltenden Kunst waren ihre Noten deutlich unterdurchschnittlich. Latein und Mathematik waren in Ordnung, in Französisch war die Lehrerin über ihre hervorragende Aussprache und den umfangreichen Wortschatz erstaunt, Naturwissenschaften und Geografie waren ihre Lieblingsfächer. Alles in Allem würde sie es wohl schaffen, allerdings nicht mit herausragenden Noten. Daß Louise es überhaupt auf diese Schule geschafft hatte, war ihrem Schulmeister in Hessisch-Hausen zu verdanken, der in einem eindringlichen Gespräch ihre Eltern davon überzeugt hatte, daß ein weiterführender Schulbesuch Sinn machte. Ihren Vater hatte er damit gelockt, daß die Bahnfahrten für Louise als Angehörige eines Reichsbahnmitarbeiters ja kostenlos waren, also keine horrenden Kosten entstanden, daß ihr nach dem Abschluß die Pforten des gesellschaftlichen Aufstieges offen standen. Ihre Mutter lockte er damit, daß Louise sonst dauerhaft unterfordert und unglücklich gewesen wäre. Gekrönt hatte er das Ganze mit einem Empfehlungsschreiben für die Schule, zu der sie dann auch tatsächlich zugelassen wurde.

Den Weg in höhere Gesellschaftsschichten hatte ihr die Schule nicht so wirklich geebnet. Dazu war sie zu simpel gekleidet und ihr hessischer Dialekt zu stark. Neben den ganzen hochdeutsch sprechenden Kindern der höheren Bürgerschicht und des mittleren Adels wirkte sie in ihrer einfachen Kleidung wie ein graues Mäuschen. Sie hatte auch kein Interesse an dem Gesellschaftsklatsch der anderen und, da direkt nach der Schule auch schon der letzte Zug fuhr, keine Zeit, um Freundschaften zu pflegen. Sie hatte den Ruf einer Unterschicht-Eigenbrötlerin, aber das machte ihr nichts aus. Trotzdem fragten sie die anderen Schülerinnen um Rat, sobald es um Unpäßlichkeiten und Unterleibsschmerzen ging. Louise verkaufte ihnen dann gegen einen kleinen Obolus, den sie für Bücher sparte, Tees und Tinkturen, deren Wirksamkeit sich schnell herumgesprochen hatte. Dies unterstrich ihren Ruf der Eigenbrötlerin nur noch. Louise hätte das aber sicherlich nicht weiter schlimm gefunden, so es ihr denn zu Ohren gekommen wäre.

Viel schlimmer war es, wenn sie eine Freistunde hatte und die Schulbibliothek geschlossen war. Nirgends fühlte sie sich so wohl, wie zwischen diesen Bücherwänden, dieser Ballung des Wissens, die das Buchregal des Dorfarztes wie einen Zeitungskiosk wirken ließen. Stunde um Stunde verbrachte sie in der Schulbibliothek und nahm für die Wochenenden immer einen Vorrat an Büchern mit. Leider konnte man viele der Werke, die sie wirklich interessierten, nicht ausleihen. Sie haßte den Begriff „Präsenzbestand". All die Bücher über die Wunder der Natur, die Wunder ferner Länder, die Enzyklopädien waren an die Kette der Schulbibliothek gelegt und die Kette hieß Präsenzbestand.

Immerhin konnte sie ein paar französische Romane mit nach Hause nehmen. Die Wörter, die sie darin nicht verstand, schrieb sie auf und fragte die alte Kräuterfrau nach deren Bedeutung. Mit der parlierte sie mittlerweile fließend in dieser Sprache, was aber auch seine Schattenseiten hatte. Denn die Lehrerin in Cassel kannte das Französische nur aus dem Studium, aus den Büchern und aus gelegentlichen Gesprächen in höheren Gesellschaftsschichten. Daß die kleine Dörflerin Louise dann steif und fest behauptete, man würde bestimmte Wörter anders aussprechen, untergrub die Autorität der Lehrerin und brachte Louise den einen oder anderen Verweis wegen Aufsässigkeit ein.

Die Romane ihrerseits untergruben das von ihren Eltern gesetzte Ziel der vorteilhaften Verheiratung. Sie wollte nicht den Apothekersohn heiraten, weil er der Sohn des Apothekers war, nicht den Bürgermeistersohn, weil er der Sohn des Bürgermeisters war. Sie wollte jemanden, der um sie warb, Gedichte schrieb, sie wollte die leidenschaftliche Liebe spüren. Dafür arbeitete sie sogar an ihrer Aussprache, am Ausmerzen des hessischen Dialekts und ahmte die Aussprache ihrer Lehrer nach. Denn sie war sich sicher, daß sie nur einen hochdeutsch sprechenden Studierten richtig würde lieben können, nur ihm ihre ganze Liebe würde schenken können. Liebe wie in den Romanen. Und die Liebe war ihr bisher noch nicht über den Weg gelaufen.

Mit ihrer Mutter darüber zu sprechen, hatte wenig Sinn. Die hatte noch nie ein Gedicht gelesen und würde ihr nur verbieten, weitere Romane anzuschleppen. Mit dem Vater konnte sie auch nicht reden, bei dem war Louise sich nicht einmal sicher, ob er überhaupt wußte, was Liebe war. Von ihm hörte man das Wort nur in Verbindung mit „Vaterland". Dabei sehnte sie sich doch nach echter Liebe, einem Mann, der sie für ihr Wissen bewundern würde, der sie leidenschaftlich verehren würde, mit dem sie zusammen Vogelarten bestimmen und ferne Länder bereisen konnte.

Kapitel 23

Ferne Länder bereisen, das wollte die alte Kräuterfrau früher auch. Nun war sie in einem fernen Land gestrandet und kam nicht mehr zurück, wollte wohl auch nicht mehr zurück.

Nein, sie war heimisch geworden in dieser Hütte im Wald, mit Blick auf das Tal, die Eisenbahn, den Fluß, die zwei Dörfer. Zwei Dörfer, in denen sie nahezu jeden der Einwohner zur Welt gebracht und hatte aufwachsen sehen. Sie erinnerte sich an so ziemlich jede Geburt, doch obwohl es weit über hundert, eher tausend waren, fand sie keinen Zusammenhang zwischen dem Verlauf der Geburt und dem Charakter der erwachsenen Menschen. So mancher Bursche, über den bei seiner Geburt gesagt wurde „das wird einmal ein Herzensbrecher", entpuppte sich später als schüchterner Jüngling, der den Frauen aus dem Weg ging. Mädchen, denen nach ihrer Geburt der Makel des großen Schreihalses anhing, stellten sich als ruhige, zuvorkommende junge Damen heraus. Inzwischen gab die alte Kräuterfrau nichts mehr auf diese Kommentare, die Vorhersagen am Wochenbett trafen so oft zu, wie sie nicht zutrafen. Wenn die Kinder überhaupt das dritte Jahr überlebten.

Viele, die sie zur Welt gebracht hatte, hatte sie beweinen, hatte sie aus dieser Welt wieder verabschieden müssen. Der kleine Sarg, der dann in das kleine Grab gesenkt wurde, brach ihr jedesmal das Herz. Jedesmal, wenn eines der Kleinen gegangen war, schlich sie sich auf den Friedhof und beobachtete die Beerdigung von Weitem. Noch bevor diese zu Ende war, entfernte sie sich wieder unauffällig, um im Überschwall der Trauer nicht als Hexe beschimpft, um nicht für den Tod des Kleinen verantwortlich gemacht zu werden. Sie konnte die Trauer der Eltern, die Suche nach einem Schuldigen verstehen. Doch die alte Kräuterfrau war die Letzte, die Kindern etwas Böses wollte.

Leider manchmal auch die Letzte, die an das Krankenbett des Kindes gerufen wurde, wenn der Arzt schon aufgegeben hatte, wenn es zu spät war, etwas anderes zu tun, als das Kind liebevoll ins Jenseits zu verabschieden. Und ihre Tränen waren echt, wenn es dort angelangt war. Keine der Klageweibs-Tränen, die sie sonst vergoß, wenn sie dafür bezahlt wurde. Echte Tränen für einen kleinen Menschen, den sie auf die Welt gebracht hatte, der diese aber viel zu kurz bewohnt hatte.

Die Werdegänge derer, die länger auf dieser Welt wandelten, beobachtete die alte Kräuterfrau aus der Ferne. Die Söhne des Großbauern Schulz, die alle schon bei der Geburt seine Züge trugen, gleichviel ob von seiner Frau geboren oder von einer eilig weg verheirateten Magd. Die breite Stirn und die eng zusammenliegenden Augen verrieten den Vater. Auch sein ältester (anerkannter) Sohn hatte diese körperlichen Eigenschaften wohl schon weiter vererbt, denn der Alte vermehrte sich ausschließlich auf seinem eigenen Hof. Die Magd von Beuermanns Kate hatte wohl dem ältesten seiner Sprößlinge schöne Augen gemacht, oder war ihm auch nur auf einem Feld über den Weg gelaufen. Der Alte nahm sich, was er wollte, da schienen ihm die Jungen nicht nachzustehen.

Der träumerische Apothekersohn war aus dem Studium gerissen worden, um das Geschäft seines Vaters in Haßlieb zu übernehmen, der nach einem Schlaganfall nicht mehr in der Lage war, Kunden zu bedienen oder die Lehrjungen zu belästigen. Oder der kurzsichtige Pastorensohn mit den O-Beinen, der es immerhin raus geschafft hatte, den man nur noch selten im Dorf, das sich Stadt nannte, sah. Oder in Gretenbach, die Tochter der Haushälterin des Priesters, die sich als Magd auf den umliegenden Höfen verdingen mußte.

Ihr Vater, der sie niemals anerkennen wollte und durfte, war mittlerweile versetzt worden. Der neue Priester sah keinen Bedarf für eine alte Haushälterin oder ihre Tochter. Der Neue schien sich eher an die Ministranten zu halten.

Alles Kinder, an deren Schicksal die alte Kräuterfrau nur aus der Entfernung teilnahm. Natürlich mußte sie auch schon der einen oder anderen Magd oder Bürgersfrau helfen, deren Periode ausgesetzt hatte, wo ein Kind aber nicht gewünscht war. Das waren dann immer nur kurze Besuche, bei denen auf ihr Stillschweigen vertraut und in denen nur das Notwendigste an Worten gewechselt wurde. Besuche, die sie abgrundtief haßte, die sie aber auf sich nahm. Meistens nicht des Geldes wegen, sondern weil sie gesehen hatte, wie unglücklich so manche Magd nach der Zwangsheirat mit dem nächstbesten Knecht wurde. Sie machte ihre Arbeit so gut und so sauber wie möglich, gab den armen Frauen immer noch Tränke und Salben zum Nachkurieren ohne Berechnung mit. Den Reicheren berechnete sie die gleichen Medizinalien zu einem deutlichen Obolus. Nach der Behandlung wurde der blutige Klumpen von ihr im Wald vergraben, mit einem kleinen Stockkreuz und einem Gebet. Sie betete dann für alle diese winzigen Kinder, die nicht auf die Welt kommen durften und für die kleinen Kinder, die viel zu früh von der Welt gegangen waren.

Aber eigentlich betete sie gar nicht, sondern gedachte der Kinder eher. Für Gebete hätte sie an einen Gott glauben müssen, aber in einer Welt, in der unschuldige Kinder starben, für eine Frau, die diese Kinder in ihren letzten Stunden begleiten mußte, gab es keinen Gott. Wenn sie in den letzten Stunden Menschen begleitete, dann hörte sie oft genug die Gebete aus dem Nachbarraum. Die alte Kräuterfrau hatte noch nie erlebt, daß diese Gebete geholfen hätten. Manchmal wurde sie früh genug gerufen, sodaß ihre Salben, Tinkturen und Wickel helfen konnten. Dann hörte sie nie Gebete. Später zu sehen, wie die Kinder, die Menschen wieder auf die Beine kamen und ihr Leben fortsetzen konnten, waren für sie die schönsten Momente. Da wußte sie, daß ihre Gabe zu Heilung ein Segen und kein Fluch war.

Und daß sie die Gabe, daß sie das Wissen weitergeben mußte. So schön es war, mit der kleinen Louise, die mittlerweile gar nicht mehr so klein war, in ihrer Muttersprache zu sprechen, so wichtig war es auch, ihr das Wissen weiterzugeben, daß die alte Kräuterfrau zu den schönen Momenten führte. Louise hatte schon viel gelernt, die Heilung der Vögel war nur ein Anfang gewesen, die Heilung der Menschen hatte sie schon manches Mal unauffällig bei ihren Eltern angewandt. Die Leibschmerzen der Mutter, die nach einem Kräutertee erträglich wurden, der Husten des Vaters eines Winters, den Louise der Kräuterfrau ganz genau beschreiben mußte. Die Ohnmachtsanfälle einer Mitschülerin, für die Louise einen passenden Tee zusammen mit dem Ratschlag, das Korsett nicht mehr so eng zu schnüren, mitbrachte und deren Anfälle daraufhin verschwanden. Als Louise das erste Mal schreckliche Schmerzen im Unterleib hatte und ihr Blut zwischen den Beinen herauslief, war sie vollkommen verängstigt vor der Hütte der Kräuterfrau erschienen. Die Alte hatte sie beruhigt, gesäubert und ihr die weiblichen Geheimnisse des Lebens nahegebracht.

Sie hatte Louise zwar die Wirkung und Anwendung vieler Substanzen und Pflanzen gelehrt, es schien aber, als hätte Louise auch ein natürliches Gespür dafür. Oft beschrieb die alte Kräuterfrau Symptome ihrer Patienten aus der Vergangenheit und fragte, welche Kräuter Louise einsetzen würde, in welcher Kombination, in welcher Darreichungs-Form und warum. Mehr als einmal kam es vor, daß Louise die angedachte Lösung noch ergänzte, ein Kraut hinzufügte, das die Wirkung eines anderen Krautes noch verstärken würde. Oder einfach nur den Trank schmackhafter machte. Von dem Kräutervorrat der Alten bediente sie sich fast gar nicht mehr, sie hatte alles selber zu Hause, in einem Winkel des ungenutzten Bahnhofdachbodens. Lediglich seltene Kräuter wie Safran oder Oregano, die in den hiesigen Gefilden nicht wuchsen und die nur über vorbeiziehende Zigeuner zu erwerben waren, kaufte sie der Kräuterfrau ab. Ja, Louise war von all den Kindern, die die alte Kräuterfrau zur Welt gebracht hatte, sicherlich das interessanteste. Dabei hatte sich der technikgläubige Vater noch geweigert, jemand anderen als den Gretenbacher Arzt zur Geburt hinzuzuziehen. Erst, nachdem sich Louise 36 Stunden standhaft weigerte, das Licht dieser Erde erblicken zu wollen und die gebärende Mutter immer schwächer geworden war, hatten sie die Kräuterfrau gerufen. Es war nicht die erste schwere Geburt für die Kräuterfrau gewesen, auch nicht die letzte. Doch Louise hatte als einzige den Anschein erweckt, daß sie geradezu auf das Erscheinen der Alten gewartet hatte. Die Kräuterfrau, die damals noch nicht so alt war, hatte nur die beruhigenden Substanzen des Arztes neutralisiert und mittels Salben und Massagen die Wehen verstärkt. Und schwups, hatte die Kleine diese Welt angeschrien, deren Betreten sie so lang verweigert hatte.

Seit ein paar Jahren betrat Louise die Welt der alten Kräuterfrau unregelmäßig, aber sehr zur Freude der Alten. In letzter Zeit weniger häufig, dafür hatte die Alte einen anderen Gast, der gelegentlich unangekündigt hereinschneite. Einen Gast, von dem sie der Kleinen unbewußt noch nichts erzählt hatte, dessen Charme aber jedesmal ihre ärmliche Hütte ausfüllte. Es begann meist mit einem zweifachen Klopfen an der Tür, sie machte die Tür vorsichtig auf, und draußen stand dann die Krähe. Offensichtlich ein Männchen, schon ein paar Jahre alt und recht gut erzogen. Er ließ sich von ihr streicheln, spazierte durch die Hütte, schaute sich um, war dankbar für ein Leckerli, erfreute sie mit seinem unterhaltsamen Gekrächze und schenkte ihr so schöne Momente der Gemeinsamkeit. Meist blieb er nicht lang, verschwand wieder wie ein Liebhaber nach der Befriedigung seiner Bedürfnisse.

Auch diese Krähe, die sie nur „Krähe" nannte, machte ihr Leben ein wenig reicher. Ein Leben, das viele als ärmlich empfunden hätten. Aber nur die, denen materieller Wohlstand wichtig war. Niemand wußte, wie reich die alte Kräuterfrau wirklich war. Reich an Freiheit, reich an Wissen, reich an Erfahrung. Erahnen konnte diesen Reichtum eigentlich nur eine: Louise. Und die war damals zu jung, um es zu bemerken.

Kapitel 24

Heinrich bemerkt das Rattern der Gleise gar nicht mehr, der stete Rhythmus ist die Hintergrundmusik seiner Reisen zurück ins Dorf, das sich Stadt nannte. Der Zug rumpelt gerade durchs Hessische, Buchenberg und Hausen hat er schon hinter sich gelassen. Heinrich klappt das Gesetzbuch zu, rückt den Wäschebeutel zurecht und macht sich langsam zum Ausstieg fertig. Ein weiteres Wochenende bei den Eltern, die Mutter wäscht die schmutzige Kleidung der vergangen zwei Wochen, Heinrich wird mit dem Vater das Land bestellen, das Vieh versorgen. Machen, was zu machen ist. Er will nicht klagen. Die Eltern sparen sich sein Studiengeld vom Munde ab, die Juristerei und die Verbindungsverpflichtungen sind zu anstrengend, um nebenbei Geld verdienen zu können. Der Vater steckt ihm beim Abschied noch manchmal ein paar Groschen zu. Die muß er der Kollekte entnommen haben, bevor die Mutter diese zählen konnte. Auch ein Pastor kennt nicht nur schwarze Schafe, sondern ebenso schwarze Kassen. Von der Mutter gibt es nur das Geld für den Fahrschein und die gewaschene Wäsche des letzten Besuches. Aber er will und kann nicht klagen, sein Studium wird finanziert. Wenn es auch nicht so reichlich alimentiert wird, wie das vieler seiner Verbindungsbrüder, deren Eltern Geheimräte, Ministerialdirigenten, Bankiers, Generäle oder Adlige sind. Zuweilen muß er sich unauffällig aus der Kneipe schleichen, bevor es an ihm ist, die Runde zu zahlen. Bisher scheint das aber noch niemandem aufgefallen zu sein.

Der Zug pfeift, die Station Gretenbach nähert sich, noch zehn Minuten, bis Heinrich aussteigen muß. Er schaut aus dem Fenster, die mittlerweile gewohnte Szenerie Gretenbachs zieht an ihm vorbei, gleich kommt der Güterschuppen, dann der Bahnhof, leere Bänke am Bahngleis, nur auf einem sitzt ein lesendes Mädchen, weizenblondes Haar. Heinrichs Zugfenster hält direkt vor der Bank. Weizenblondes Haar, irgendwas war da doch, rumort es in Heinrichs Hinterkopf. Lange her, lange her. Und dann erinnert er sich an die Szene vor fünf Jahren. Die gar nicht so schüchterne Frage von ihr „Ei, was lieste da?". Er, der sich möglichst unbeeindruckt zeigen wollte, sie aus dem Augenwinkel immer versucht hat anzuschauen. Er, der dann den Zug nehmen mußte, den Ärger mit den Eltern und das weizenblonde Haar, das ihm danach tagelang nicht mehr aus dem Kopf ging.

Sie schaut von ihrem Buch auf, hoch zum Zug. Zögerlich hebt er die Hand, ein kleines Zeichen des Grußes, des Wiedererkennens. Ihre Stirn runzelt sich (sie hat blaue Augen), dann der Augenblick der Erinnerung, ein kleines Lächeln im linken Mundwinkel und ein leichtes, grüßendes Heben der Hand.

Da pfeift die Lokomotive schon, es geht weiter. Heinrich schaut ihr nach, wie sie da mit einem Buch sitzt. Louise schaut ihm nach, wie sein Gesicht sich zusammen mit dem Zugfenster entfernt.

Kapitel 25

Louises Blick folgte dem Flug des Schlangenadlers, wie er sanft getragen von den Winden über dem Tal schwebte. Der Greifvogel entfernte sich schwebend von ihr. Louise ließ ihn nicht aus den Augen. Entdeckt hatte sie ihn, als er über den Wiesen oberhalb Gretenbachs schwebte, seitdem folgte sie ihm. Im Wald hätte sie ihn fast aus den Augen verloren, doch dann hörte sie seinen Ruf über den Feldern Haßliebs, sah ihn dort am Hang seine Kreise ziehen. Die Krähen waren aufgeschreckt, es war ihr Revier, sie sahen ihre Nester in Gefahr. Da er zu hoch flog, beschränkten sie sich auf wilde Ablenkungsmanöver in niedrigerer Höhe. In dieses Krähengewusel hätte sich noch nicht einmal ein Adler hinein gewagt. So blieb er weit oben und konzentrierte sich auf die Wiesen und Felder am Hang, den Steinbruch mit seinen offenen Flächen, auf denen sich Eidechsen und Schlangen sonnten, auf die Wege, wo sie so gerne lagen.

Louise beobachtete beides, den Klamauk der Krähen und den ruhigen, beutesuchenden Flug des Schlangenadlers. Nach ihrem Vogelkundebuch brauchten die Krähen sich keine Sorgen zu machen, der Schlangenadler war auf Reptilien spezialisiert. Sie hatten wohl Angst um ihren Nachwuchs und darum, daß dem Adler seine Spezialisierung vielleicht nicht bekannt war. Darum vollführten sie wildeste Flugmanöver. Ein Spektakel.

So einen Adler hatte Louise noch nicht in der Natur gesehen, nur ausgestopft im Casseler Naturkundemuseum. Er mußte sich wohl hier hin verirrt haben, doch die

Sandgruben und Steinbrüche sollten ihm reichlich Nahrung liefern. Schon oft hatte sie den Mäusebussard über dem Steinbruch kreisen und herunterstoßen sehen. Der nistete eigentlich kurz vor Hausen, nahm also einen ziemlich weiten Flug auf sich, um hier zu jagen. Das dürften fast acht Kilometer sein, überschlug Louise im Kopf. Aber andererseits waren acht Kilometer für ihn wahrscheinlich auch nur ein paar Flügelschläge, so, als wären es für sie nur ein paar Schritte gewesen.

Der Schlangenadler war schon etwas Besonderes, Louise hätte ihn gern gezeichnet, es gelangen ihr aber nur ein paar grobe Skizzen. Plötzlich stieß er hinunter, verschwand hinter dem Baumrand des Steinbruchs. Sie wartete gespannt. Die Momente vergingen, dann tauchte er mit seiner Beute auf, eine Schlange, über einen Meter lang. Welcher Art die Schlange war, konnte Louise durch das Militärfernrohr ihres Vaters nicht erkennen, aber er hielt sie in beiden Klauen, sie wehrte sich, sie schlang sich um seine Beine, schließlich ließ er sich auf einer hohen Eiche nieder und begann, auf der Schlange herumzuhacken, verschlang ihren Kopf, der Leib schlängelte und zuckte noch weiter. So wollte Louise ihn einfangen. Schnell skizzierte sie ihn, seine Haltung, die Schlange in seinen Krallen. Zu Hause würde sie ihn genauer zeichnen, kolorieren, aber um den Moment einzufangen, mußten diese Bleistiftstriche reichen. Aus der Erinnerung schob sie noch gleich eine zweite Skizze des mächtigen Vogels im Flug nach, wie die Schlange in seinen Krallen in der Luft hing.

Die Krähen waren weit entfernt und beruhigten sich allmählich, gelegentlich stieg noch ein Späher in die Luft, um die vermutete Gefahr im Auge zu behalten, aber ansonsten schienen sie sich erst einmal wieder sicher zu fühlen. Wahrscheinlich würden sie, wenn der Adler abgezogen war, über die am Boden verteilten Reste der Schlange herfallen, aber jetzt traute sich noch keiner der schwarzen Vögel heran. Dem Adler die Beute streitig zu machen sowieso nicht. Mit vereinten Kräften wäre das zwar möglich gewesen, aber dabei hätte sicherlich die eine oder andere von ihnen das Schicksal der Schlange ereilt. Und dafür waren die Krähen zu schlau. Es war Spätsommer, es gab ausreichend Futter, da mußte nicht das Leben aufs Spiel gesetzt werden.

Während Louise und die Krähen das Schauspiel an diesem frühen Vormittag genau beobachteten, nahm von den Bauern auf den Feldern niemand Notiz. Obwohl es Sonntag war, brachten sie auf den Feldern die Ernte ein. Die gnadenlose Natur hielt sich nicht an Vorgaben für Ruhetage. Wenn die Ernte nicht rechtzeitig von den Feldern war, würden alle hungern, Feiertag hin oder her.

Als die Kirchenglocken Haßliebs erklangen und zum Gottesdienst riefen, unterbrach nur einer von ihnen seine Arbeit und machte sich auf den Weg zum Dorf, die anderen ernteten weiter wie zuvor. Auch wenn das ein besonders gläubiger Bauer war, so würde er doch nicht rechtzeitig zum Gottesdienst kommen, dachte sich Louise. Nicht rechtzeitig in der Kirche, ein Punkt mehr fürs Fegefeuer. Manchmal spiegelte sich die anti-klerikale Gehässigkeit ihres Vaters dann doch in ihren Gedanken, aber sie wandte sich gleich wieder diesem unglaublich schönen Schlangenadler zu.

Kapitel 26

Welche Aufregung dieser riesige Adler verursachte! Die anderen Krähen hatten nun sich wieder beruhigt, gelegentlich war ich noch aufgestiegen, um die Lage zu sondieren. So ein großer Greif kann schon ganz schön für Unruhe sorgen, vor allem, wenn man ihn nicht kennt und er uns nicht kennt. Die anderen, Milane, Habichte oder Bussarde, verirrten sich nur selten in unsere Nähe, mit gutem Grund. Aber dann so ein Riesenvieh, da hatten wir ganz schön Respekt vor. Bei einem meiner Sondierungsflüge hatte ich dann auch die kleine Louise gesehen, sie hatte mich aber wohl nicht bemerkt. Kein Wunder, war ja auch alle Aufmerksamkeit auf diesen Riesengreif gerichtet. Und da er in der Nähe war, bin ich auch nicht zu ihr hingeflogen. So ein Vieh darf dich nicht am Boden erwischen, nur in der Luft hast Du überhaupt eine Chance. Also habe ich sie mal schön da sitzen lassen, sie hatte eh mit diesen Stöcken auf den weißen Blättern herum gemacht, sah schwer beschäftigt aus.

Heinrich unterbrach ich sowieso nicht, wenn er auf dem Feld war, das mochte er nicht gerne. Da wurde er dann wie die anderen Menschen und verscheuchte mich. Dabei war es doch so schön einfach, das Weizenkorn rauszupicken, wenn er es gerade im Boden versenkt hatte oder wie jetzt, da brauchte man nur aufzusammeln, was bei seiner Ernte übrig geblieben war. Aber das wollte er nicht, einmal hatte er sogar abends mit einem Schießstock das Feld bewacht, wie die anderen Menschen. Daß ich danach eine ganz schön lange Zeit sehr mißtrauisch gewesen bin, könnt Ihr euch denken. Aber den Schießstock habe ich später nie wieder in seinen Flügelkrallen gesehen, gut so.

Ob es gut war, daß sich die beiden Menschen, die ich am meisten mochte, noch nie richtig getroffen haben? Hier hätten sie die Chance gehabt, waren nur wenige Flügelschläge voneinander entfernt. Aber man mußte auch ein bißchen an sich selbst denken: Jetzt bekam ich von jedem der beiden ein Leckerli, wenn ich vorbeischaute. Also wenn Heinrich mal da war. Aber wenn die beiden sich kennengelernt hätten und zusammen in ein Nest gezogen wären, dann bekäme ich nur eines. Doch so selten, wie Heinrich noch zu Hause war, so selten, wie ich von ihm noch ein Leckerli bekam, war das eigentlich auch egal. Also, sollten sie sich ruhig kennenlernen.

Das waren meine Gedanken damals. Wenn ich gewußt hätte, was ich heute weiß, wäre ich das Risiko eingegangen und auf den Boden neben Louise geflogen. Ich hätte sie Schritt für Schritt zu Heinrich hin gelockt. Das Risiko war überschaubar, der Greif hätte sich nicht so nah an den Menschen gewagt, neben ihr wäre ich sicher gewesen. Vielleicht war es damals auch ein wenig die Panik, die uns allen in den Knochen steckte, wegen des Adlers. Lieber ein bißchen vorsichtiger sein. Von meiner heutigen Warte aus ein wenig übervorsichtig, aber letztendlich ist ja alles so ausgegangen, daß es gut für uns Krähen ist. Und vielleicht wäre es nie so gekommen, wie es dann gekommen ist, vielleicht hätte das Schicksal anders, hätte das Schicksal gegen uns Krähen entschieden.

Kapitel 27

Der Zug ruckelt vorwärts Richtung Göttingen, jede Weiche treibt die harten Holzsitze gegen Heinrichs schmerzenden Rücken. Die Ernte einbringen ist immer anstrengend, aber auch so wichtig, daß er dafür die eine oder andere Vorlesung sausen lassen muß. Er kann seinen Vater damit nicht allein lassen, Mutter fände es unter ihrer Würde, das Korn zu schneiden, vor allem an einem Sonntag. Nach getaner Arbeit, mußten sein Vater und er sich stets eine Tirade über das Arbeiten am heiligen Sonntag anhören. Sie ließen es über sich ergehen, wie einen Herbststurm, den man nicht stoppen kann, der aber vorübergehen wird. Obwohl Heinrich es immer wieder ungerecht fand. Schließlich ernteten sie das Korn, aus dem Mutter ihr Brot buk, das die Familie über den Winter bringen würde und wurden dafür beschimpft. Aber jede Widerrede ist vergeblich, am heiligen Sonntag soll man ruhen.

Heinrich mag die Feldarbeit, mag es zu sehen, wie am Ende der Acker abgeerntet und der Schober voll ist. Er hat noch einen extra Tag drangehängt, damit auch wirklich alles Korn eingebracht ist. Das ist er seinem Vater schuldig. Auch genießt er es, Abraxas wieder zu sehen. Heinrich liebt es, ihn zu streicheln, zu kraulen, mit ihm zu sprechen. Manchmal hat er den Eindruck, daß Abraxas ihn versteht. Die Krähe ist für ihn immer noch ein fester Bestandteil seines Lebens. In seinem Bett in Göttingen denkt er oft, wie es wäre, wenn Abraxas ihn einmal dort besuchen würde, welche Augen seine Corpsbrüder machen würden. Aber eigentlich sind es verschiedene Welten, hier das Landleben, dort die Jurisprudenz.

Gestern hat er einen Tag mehr in der anderen Welt verbracht, aber das ist ihm auch lieber, als in der Vorlesung für Zivilrecht zu sitzen, die für gestern anberaumt war. Die

Notizen würde er von einem Corpsbruder abschreiben, vor der Klausur lernten sie sowieso alle zusammen, da würden die Inhalte von heute noch einmal erläutert werden. Wenn er recht darüber nachdenkt, ist ihm eigentlich fast alles lieber, als sich mit juristischen Haarspaltereien zu befassen. Obwohl es schon spannend war, sich mit der neuen Rechtsordnung auseinander zu setzen, die Unterschiede zwischen dem alten Zivilrecht und dem neuen, kürzlich eingeführten Bürgerlichen Gesetzbuch heraus zu arbeiten. Gerade auch, die teilweise absurden Rechtsvorschriften der früheren Einzelstaaten und Provinzfürsten ins Verhältnis zu setzen zu diesem fortschrittlichen Gesamtwerk. Doch das Spannende wurde für Heinrich oft von den langweiligen Vorträgen der Professoren ins Gegenteil verkehrt. Viele Professoren gaben dem neuen „Machwerk" keine zehn Jahre, bevor es komplett umgeschrieben werden würde. Und behandelten es dementsprechend.

Eher gefällt Heinrich das Philosophieren mit den Corpsbrüdern, über die Wesensart des Seins unter besonderer Berücksichtigung der Anwesenheit gefüllter Bierkrüge. Das intellektuelle Schärfen seines Geistes an den Meinungen anderer, auch wenn er sich als Fux bisher zurückhalten mußte. Die Jurisprudenz hingegen war ein reines Auswendiglernen der Paragraphen und Gerichtsurteile in Verbindung mit endloser Haarspalterei. Er hält sich da an den Ratschlag seines Vaters: Erst die Pflicht, dann die Kür. Jura war Pflicht, Philosophieren mit Bierkrügen die Kür.

Der Halt in Gretenbach unterbricht seine Gedanken, ein entgegenkommender Zug steht direkt neben ihm auf dem anderen Gleis und wartet auf die Abfahrt. Während Heinrich seinem Leben als Student entgegenfährt, legt der andere Zug mit schnaufenden Maschinen los in Richtung seines anderen Lebens.

Kapitel 28

Heute mußte es schnell gehen, der Vater war sehr in Eile. Zwei Züge mit schnaufenden Maschinen gleichzeitig auf seinem Bahnhof, da wurde er immer sehr aufgeregt. Und das so früh am Morgen. Louise stieg ein, der Vater schloß eigenhändig alle Türen des Zuges nach Cassel und jagte die verbliebenen Abschiedsnehmer vom Zug weg. Mit Argusaugen beobachtete er den einfahrenden und den stehenden Zug. Sobald der Zug nach Göttingen die Weiche vor dem Bahnhof komplett überquert hatte, gab er das Signal zur Abfahrt für den Zug nach Cassel.

Louise spürte, wie der Zug sich schüttelte und dann mit einem Ruck anfuhr, um langsam Fahrt aufzunehmen. Der Zug auf dem anderen Gleis zog langsam schneller werdend vorbei, bis er schließlich den Blick auf das Flußtal freigab. Eine Szenerie, die Louise jeden Morgen genoß, das langsame Vorbeigleiten der Landschaft, der Orte, der Wiesen, der Wälder, der Flüsse. Es war ihr ganz lieb, daß sie nicht, wie manche andere Schülerinnen, im Wohnheim der Schule lebte. Die morgendliche Zugfahrt gab ihr die Chance, sich mit dem Tag anzufreunden, sich an ihn zu gewöhnen. Und „vergessene" Hausaufgaben nachzuholen. Aber nicht heute, für heute war alles vorbereitet, sie konnte ihre Gedanken frei fliegen lassen. Ungeordnet wie ein Schmetterlingsflug landeten sie mal auf dieser, mal auf jener Blüte, verweilten kurz dort, um gleich weiter zu schweben. Ihre Vögel waren alle versorgt, im Moment hatte sie keine Problemfälle, um die sie sich Gedanken machen mußte. Die Krähe war heute morgen kurz an der Volière erschienen, aber als der Zug sich näherte, flog sie davon. Wohin wohl? Louise machte sich viele Gedanken über diesen Rabenvogel, der immer unerwartet auftauchte, nur um kurz danach wieder zu verschwinden. Es war offensichtlich, daß er an Menschen gewöhnt war, aber wo nistete er, wo verbrachte er sein Leben? Hatte er irgendwo eine Krähenfamilie oder war er bei anderen Menschen zu Hause? Sie liebte es, ihn zu streicheln, zu kraulen, mit ihm zu sprechen. Manchmal hatte sie den Eindruck, daß er sie verstand. Besser verstand, als die anderen Schülerinnen in Cassel. Die nur gackerten wie Hühner, den Kopf hoch trugen wie Gänse und mit ihren weiten Röcken watschelten wie Enten. Da war ihr eine intelligente Krähe doch bedeutend lieber.

Und die Krähe war intelligent. Das hatte Louise festgestellt und wie eine echte Forscherin dokumentiert. Wenn es um Leckerlis ging, entwickelte der Vogel eine geradezu unheimliche Geschicklichkeit und Intelligenz. Einmal hatte sie ein Keksstück zwischen zwei Steinbrocken gelegt, so tief hinten, daß er mit dem Schnabel nicht dran kam. Erst versuchte er, das Leckerli mit dem Schnabel heraus zu holen. Aber nachdem das nicht gelang, schaute er sich die Situation genau und Louise fragend an, nahm schließlich ein Stöckchen in den Schnabel pulte damit das Keksstück zwischen den Steinen hervor, um es anschließend mit einem triumphierenden Krächzen zu verschlingen. Natürlich wollte er danach auch gestreichelt und gelobt werden, das hatte er sich wirklich verdient.

Ein andermal tat Louise ein paar Rosinen in ein Kompottglas mit Wasser, sodaß sie auf der Oberfläche schwammen, gerade tief genug, daß der Vogel sie nicht erreichen konnte. Als er sich vergeblich daran versucht hatte, die Rosinen in den Schnabel zu bekommen, warf er letzten Endes das Kompottglas um. Das war zwar keine schlaue Lösung, aber für ihn führte sie zum Ziel, zu den Rosinen, wenn auch das erwartete Streicheln nicht folgte. Im zweiten Anlauf legte Louise Steine in das Wasser im Glas, damit er es nicht mehr umschmeißen konnte, was er aber natürlich prompt und mit aller Vehemenz versuchte.

Weil das nicht funktionierte, schaute er erst Louise fragend an, dann das Glas, dann wieder Louise. Das Mädchen zuckte nur die Schultern, worauf die Krähe das Glas mehrmals umschritt, sie wieder anschaute, dann ein herumliegendes Stöckchen in den Schnabel nahm und damit versuchte, die Rosinen aus dem Glas herauszubekommen. Als dies nicht gelang, schaute er Louise noch einmal fragend an, umrundete das Glas, nahm einen Kiesel in den Schnabel und warf ihn ins Glas. Die Rosinen schwammen zwar höher, waren aber immer noch außerhalb seiner Reichweite. Er nahm einen zweiten Kiesel, einen dritten und nach dem vierten war der Wasserstand mit den Rosinen hoch genug, sodaß er sie herausfischen konnte.

Louise war erstaunt, war aufgeregt, war glücklich. Daß ein Vogel sich so geschickt verhalten konnte, so überlegt handeln konnte, hatte sie noch nirgendwo gesehen, noch nirgendwo gelesen. Sie notierte die Zusammenstellung ihrer Experimente genauestens und prüfte, ob sich der Erfolg wiederholen ließ. Die Ergebnisse waren sogar noch besser. Beim zweiten Mal mit den Rosinen versuchte die Krähe gar nicht mehr, das Glas umzuwerfen oder einen Stock zu nehmen, sondern schmiß direkt Steine hinein, bis sie die Rosinen erreichen konnte. Wenn nur die dummen Gänse in Louises Schule genau so intelligent gewesen wären wie dieser Vogel, hätte sie sich dort weniger gelangweilt. Die Gänse, deren Verheiratung schon bevorstand. Louises Gedanken-Schmetterling setzte sich auf die nächste Blume.

Die Sache mit Verlobung und Heiraten. Die Mutter drängte als. In Gedanken ging Louise die möglichen Kandidaten durch. So richtig gefiel ihr keiner, aber es mußte wohl sein. Unbewußt kräuselte sie mit dem Zeigefinger der rechten Hand eine Locke, wickelte sie immer wieder um den Finger.

Das half ihr beim Denken, einer Lösung kam sie dennoch nicht näher.

Sie dachte über Jungs aus Cassel nach. Vielleicht gab es da einen, der zu ihr gepaßt hätte, der intelligent, gebildet und feinfühlig war. Aber die Primaner aus dem Jungengymnasium waren alle nur laut und rüpelhaft. Sie kannte keinen davon näher und wollte eigentlich auch keinen näher kennenlernen. Also die Buben aus Gretenbach und Hausen; Haßlieb (an dem sie gerade vorbeifuhr) galt nicht, da waren alle Ketzer. Der Arztsohn aus Hausen war ganz nett, aber der war schon verlobt. Der Apothekersohn war dumm wie Brot, der Müllerssohn ein ungebildeter Rüpel. Der Sohn vom Bürgermeister war schon vergeben und außerdem hochnäsig. Den wollte sie gar nicht, obwohl er schlau schwätzte und gut aussah. Der Sohn vom Kronenwirt sah nicht so gut aus und verschwand immer mit den Kellnerinnen im Weinlager. So einen wollte sie erst recht nicht.

Carl, der Sohn vom Weichenwärter in Hausen, war ganz nett, wenn auch nicht gebildet. Ein sehr sanfter Junge, der nur die Volksschule absolviert und danach seine Lehre bei der Bahn angefangen hatte. Sie hatte sich ein paar Mal mit ihm unterhalten. Seine Welt waren die Zahlen, die Uhrzeiten, die Technik, die Züge. Wie bei ihrem Vater. Der war also auch nichts. Konnte nicht einfach ein studierter Prinz auf einem weißen Schimmel heran reiten und ihr einen Antrag machen? Die Welt war so kompliziert! Warum mußte sie überhaupt heiraten?! Warum konnte sie nicht studieren, Vögel beobachten, deren Intelligenz erforschen und Vorträge halten? Sie kannte die Antwort: Weil sie die einzige Tochter eines pedantischen Bahnhofsvorstehers aus einem kleinen hessischen Dorf war, dessen katholische Frau unbedingt Enkel sehen wollte. Das Leben war so ungerecht!

1905, 17. JAHR DER REGIERUNG KAISER WILHELMS II.

Kapitel 29

Fünf Jahre später ist Heinrich weiter mit seiner Lebens- und Hochzeitsplanung. Doch bevor sie in die Wirklichkeit überführt werden kann, muß er die zweiwöchigen Abendgesellschaften bei seinen zukünftigen Schwiegereltern überstehen.

Das Essen verläuft wie immer, wenn Heinrich bei dem Landrat und seiner Frau zu Besuch ist. Fragen zum Studium beim Aperitif, Fragen zu den Feiern des Corps während der Vorspeise, die immerselben Geschichten über die dereinst begangenen Studentenstreiche des Alten Herrn beim Hauptgang, Klatsch aus dem Gesellschaftsleben von seiner zukünftigen Schwiegermutter beim Dessert und Fragen zu seinen Zukunftsplänen beim genüßlichen Paffen einer Zigarre in trauter Zweisamkeit mit dem Landrat im Herrensalon. An Heinrichs Zukunftsplänen hatte sich in den letzten Monaten oder gar in den vergangen zwei Wochen nichts geändert, dennoch nimmt sein zukünftiger Schwiegervater diese zum wiederholten Male auseinander, zerlegt sie in ihre Bestandteile und erläutert die Schwierigkeiten sowie den eisernen Willen, der Voraussetzung zum Erreichen seiner Ziele ist.

Und wie immer hört Heinrich zu, nickt an den richtigen Stellen, gibt die gleichen Antworten wie vor zwei, wie vor vier, wie vor sechs Wochen. Gern, und ein wenig herablassend, erläutert ihm der Landrat aufs Neue, daß jemand, der nicht wie er in die Verwaltungsaristokratie hineingeboren sei, sich umso mehr anstrengen müsse. Aber er werde Heinrich helfen, seine Ziele zu erreichen. Als Alter Herr der Verbindung und aufgrund der baldigen Heirat sei er es dem 23jährigen schuldig. Es sei seine Pflicht, aber auch ein Vergnügen, einen so aufgeweckten Studenten der Jurisprudenz auf seinem Weg begleiten und ihm seine Tochter zur Ehefrau geben zu dürfen. Den Makel, daß dieser aufgrund seiner Kurzsichtigkeit dienstunfähig ist, nicht in des Kaisers ungeschlagener Armee dienen darf, bedauert er nur beiläufig. Zu gern erzählt er von seinen eigenen Husarenstückchen im Franzosenland, von den ruhmreichen Eroberungen in den Kolonien, an denen er leider nicht mehr teilnehmen kann und er erzählt auch von der Wichtigkeit einer funktionierenden Verwaltung im Vaterland. Denn nur mit reibungslosen Verwaltungs-Abläufen zu Hause sei es möglich, Deutschland einen Platz an der Sonne zu erobern. Schließlich müßten die stehenden Truppen, die neuen Schlachtschiffe, auch bezahlt werden. Das ist nur möglich, wenn die Verwaltung und das Steuerwesen funktionieren.

Heinrich lauscht den gewohnten Tiraden wie immer geduldig, wartet, bis der Schwiegervater mit einem Augenzwinkern das Zeichen zu seinem Rückzug gibt, „damit die Frischverlobten ein wenig traute Gemeinsamkeit finden und Pläne schmieden können". Schließlich sei auch er einmal jung gewesen und fühle sich auch noch so.

Zurück im Salon wartet schon Elise auf ihn, stickend, mit Teekännchen und Tassen auf dem Tisch vor dem Kanapee. Sie kann es kaum erwarten, ihm den neuesten Stand der Hochzeitsplanung mitzuteilen, sucht ängstlich nach Zustimmung in seinem Ausdruck zu den vielfältigen Details der Tischordnung und Speisenfolge. Details, die sicherlich in den nächsten zwei Wochen wieder verändert werden. Sie fragt erneut, ob die Trauung wirklich in der Haßlieber

Kirche durch seinen Vater stattfinden solle und nicht in der prächtigen Stadtkirche Göttingens; das sei doch für die Gäste einfacher, wiederholt sie die sicherlich von ihrer Mutter stammende Argumentation. Heinrich hat die Planung ganz in die Hände der beiden Frauen gelegt, doch auf diesem Punkt beharrt er. Denn das ist die Kirche, in der er getauft wurde, in der er aufwuchs, deren Glockenschlag er unter tausend anderen wiedererkennen würde, die Kirche seines Vaters.

Er weiß, wie die Landratsfamilie über das Dorf und seine Verwandtschaft denkt. Daß es unter ihrer Würde sei, den Sohn eines Landpastors in ihre gutbürgerliche Familie einheiraten zu lassen. Noch nie haben sie Haßlieb besucht, immer mußten Heinrichs Eltern nach Göttingen reisen. Nur die Stadt zählt, nicht das Land, nur die erhabene Verwaltung des Reiches, nicht die Landwirtschaft zu seiner Versorgung. Doch mit dem Ort der Trauung mußten sie sich abfinden, wenn sie ihre nicht mehr ganz junge jüngste Tochter, der es ganz offensichtlich an Verehrern mangelt, unter die Haube bringen wollten.

Schon seit Wochen, seit Bekanntwerden der Planung, putzt Heinrichs Mutter die Kirche. Einerseits in Angst, den hochwohlgeborenen Gästen nicht das passende Ambiente zu bieten, andererseits voller Stolz, der Gemeinde eine derart erlesene Gesellschaft als zukünftige Familie präsentieren zu können. Das wird mit Sicherheit ein Höhepunkt des Jahres, vergleichbar mit der Hochzeit des Grafen von Gulapsch in Hessisch-Hausen vor acht Monaten. Nach der kirchlichen Zeremonie war das gräfliche Paar mit großem Troß auf die extra wieder hergerichtete Burg gezogen, um dort zu tafeln. Davon sprach die ganze Gegend noch monatelang, so viele Automobile hatte man in dem kleinen Ort noch nie gesehen, der Weg zur Burg mußte dafür instand gesetzt und verbreitert werden.

Nach Haßlieb hingegen wird mit dem Zug angefahren. Die Trauung wurde so geplant, daß die Gäste mit dem Morgenzug anreisen und nach der kirchlichen Trauung sowie einem kurzen Sektempfang auf der Kirchwiese den Mittagszug zurück nehmen können, auf daß in Göttingen getafelt und gefeiert werde. Den Sektempfang sollte mangels Alternative der Wirt des Rappenhofs ausrichten. Auch wenn die dortigen Kellner sicherlich nicht über die erforderliche Raffinesse verfügen, so sind sie doch annehmbarer gekleidet, als die Wirte der anderen Dorfkneipen und verstehen auch andere Sprachen als das Haßlieber Platt.

Kapitel 30

Louises Paradies, Louises Rückzugsort, ihr Lieblingsaufenthaltsort war staubig, vollgepackt, roch muffig, die Gänge waren eng: die naturwissenschaftliche Bibliothek der königlichen Universität zu Cassel. Vergilbte Folianten stapelten sich auf altersschwachen Regalen, gemischt mit den Werken der modernen Naturwissenschaft, Abhandlungen zu der flächigen Eigenschaft der Erdscheibe standen Seit an Seit mit Büchern zu Walfangmethoden oder Naturerkundungen aus den Kolonien.

Hallen voller Ruhe, voller Bücher, geballtes Wissen, ein Paradies für Louise. Hier konnte, hier mußte sie sich mit dem Begriff „Präsenzbibliothek" arrangieren, standen doch fast alle Werke nicht zum Ausleihen zur Verfügung.

Ihre wöchentlichen Fahrten nach Cassel waren eine Flucht aus dem tristen Hessisch-Hausen, aus dem immer gleichen, dem nach Fahrplan getakteten Leben einer Weichenwärter-Gattin. Sie konnte nicht klagen. Ihr Carl war gut zu ihr, erwartete nur, daß das Essen pünktlich auf dem Tisch stand, die Wohnung geputzt und seine Uniform gebügelt war. Er ließ der Einundzwanzigjährigen die Freiheit, nach Gutdünken in den Wäldern und Wiesen herum zu stromern, gestattete ihr sogar die samstäglichen Ausflüge nach Cassel. Das Essen für seine Mahlzeiten bereitete sie schon am Vortag, fuhr nach dem Melken mit dem Morgenzug hin und kam mit dem Abendzug rechtzeitig zum Nachtmahl zurück. Mit Regel- und Planmäßigkeit konnte Carl leben.

Daran hatte sich Louise nicht erst gewöhnen müssen, das kannte sie von ihren Eltern und nahm Rücksicht. Der Fahrplan der Eisenbahn hatte schon immer den Rhythmus ihres Lebens bestimmt. Die einzige unregelmäßige Abwechslung in ihrer beider Leben war das gelegentliche Auftauchen der Krähe. Sie erschien zu den unmöglichsten Tageszeiten, manchmal klopfte sie mit seinem Schnabel an die Tür, wenn sie beim Essen waren, wollte Aufmerksamkeit. Das brachte Carl aus seinem steten Gleichmut, beim Essen stand man nicht auf. Punkt. So erhielt der Vogel seine Leckerlis nur, wenn sie gerade nicht beim Essen waren. In ihrer Tasche trug Louise aber immer etwas für ihn mit sich herum. Man konnte ja nie wissen, ob er nicht plötzlich auf dem Waldweg neben sie flatterte, sie beim Lesen auf der Wiese unterbrach oder nach dem Abendzug vom Telegrafenmast krächzte.

Carl ignorierte den Vogel weitestgehend, der gehörte in ihre Welt, nicht in seine. Und da die Krähe das Verstellen der Signaleinrichtungen mittlerweile unterließ, störte sie in Carls Welt nicht. Carls Welt bestand aus dem rechtzeitigen Stellen sowie der Wartung der Weichen, dem Bestellen ihres kleinen Ackers und dazwischen dem gedankenverlorenen Ziehen an einer Meerschaumpfeife. Nie hatte Louise ihn ein richtiges Buch oder eine Zeitschrift in die Hand nehmen sehen. Nie hatte sie eine Antwort bekommen, wenn sie fragte, worüber er denn eigentlich beim Rauchen nachdachte. Selbst das Fahrplanbuch schlug er nur einmal auf. Dann, wenn es zum Jahreswechsel erschien. Er notierte sich daraus die Züge und stellte es anschließend ins Regal zu den verstaubenden Fahrplanbüchern der letzten Jahre. Die Gespräche bei Tisch übernahm sie, nur die Erkenntnisse der Wettervorhersage aus dem Telegrafensystem steuerte er bei. Der Gemüsegarten, die Volière, die Kuh, die Hühner und der Schweinestall waren ihr Reich. Der Acker, die Bank vorm Haus, die Weichen, der Telegrafenapparat seines.

So hatten ihre Welten nur gelegentliche, meist regelmäßige Berührungspunkte: zum Essen und zum Schlafengehen. Wenn sie sich in die Koje hinter der Küche ins gemeinsame Bett legten, zupfte Carl gelegentlich an ihrem Nachtkleid. Was darauf folgte, war nicht das Bad der Gefühle, wie die Romane und die alte Kräuterfrau es ihr versprochen hatten, doch langsam und durch Tipps der Alten besserte sich das nächtliche Verhalten Carls. In der Hochzeitsnacht hatte Louise noch die Angelegenheit selbst in die Hand nehmen müssen, ihm zeigen müssen, wozu seine Körperverlängerung und ihre Einbuchtung gut waren. Es hatte ein wenig geschmerzt, es war sehr kurz, aber seitdem lernte Carl beständig dazu. Und Louise zeigte ihm, was ihr gefiel, was sie mochte, welche Stellen er berühren sollte.

Eine erprobte Kräutermischung hatte bisher dafür gesorgt, daß sie nicht schwanger wurde. Ein wenig hatte sie Angst vor einer Schwangerschaft, seit sie die Kräuterfrau zu einigen Geburten begleitet hatte. Diese Schmerzen der Geburt, das Schreien und Stöhnen der Gebärenden, die schier endlosen Schmerzen, die dem Schrei des Neugeborenen vorangingen, schreckten sie ab. Seit der Hochzeit und ihrem Umzug nach Hausen sah Louise die Kräuterfrau nur noch selten. Der Weg war zu weit, um zwischen den Mahlzeiten gegangen zu werden. Wenn sie den Zug nahm, mußte sie dies immer vorab mit Carl besprechen, ihn darauf vorbereiten, daß er an einem Tag, der kein Samstag war, eine Mahlzeit alleine einnehmen sollte. Das war sehr aufwändig, daher wurden die Besuche seltener und seltener, nur um schließlich ganz aufzuhören.

Louise vermißte die Kräuterfrau, das Parlieren auf Französisch, den Austausch über Substanzen und Wirkungen, die Herzlichkeit. Ihre Rezepte kannte sie alle auswendig, die der Mischung zur Schwangerschaftsverhinderung sowieso. Doch da sowohl ihre Eltern als auch ihre Schwiegereltern mit Blick auf Louises beträchtliches Alter von 21 Jahren auf Nachwuchs drängten, beschloß sie an diesem Tag in der Bibliothek der königlichen Universität zu Cassel, die Kräutermischung nicht mehr zu nehmen.

Zufrieden mit ihrem Entschluß nahm sie ein frisch erschienenes Werk der Ornithologie mit zur Lesebank und schlug die Seiten über Rabenvögel auf. Daß sie überhaupt hier lesen durfte, grenzte an ein Wunder, gab es doch keine weiblichen Studenten an der ganzen Universität. Noch zu Schulzeiten hatte sie den Vater einer der Gänse aus der Mädchenschule kennengelernt, der hier Bibliothekar war. Er war der erste Mann, mit dem Louise über ihre Leidenschaft für Vögel sprechen konnte, der sie ernst nahm, mit dem sie fachsimpeln konnte. Und der sie in die Bibliothek einlud, ihr den Bestand und die verwirrende Systematik erklärte, ihr schließlich einen unbefristeten Leseausweis ausstellte. Mittlerweile war er zwar in einen anderen Bereich der Bibliothek versetzt worden, doch vor oder nach ihrem Studium der Bücher schaute Louise noch stets bei ihm vorbei. Sie genoß das Gespräch mit einem gebildeten Gleichgesinnten, bevor sie wieder in die bildungsferne Welt Hessisch-Hausens zurückkehrte.

Kapitel 31

Irgendwie fing mein Nest an, auseinander zu fallen. Intensive Benutzung, hehehe. Choat war schon seit Wochen am Meckern, hätte sich ja auch mal selber drum kümmern können, aber wie Weibchen nun einmal so sind...

Für mich war die Frage: neu oder renovieren? Das alte Nest hatte nun schon einige Generationen meiner Kinder beherbergt, sie sind alle zu stolzen Krähen herangewachsen. Das Nest ist dann ja auch ein Stück Heimat für die Kleinen, der Ort, wo sie gefüttert wurden, wo sie mir ihre Schnäbel entgegenreckten, wo sie unbeholfen die ersten Flugversuche unternahmen. Und der Ort, an den sie zurückkehren, um mit ihren Eltern zu sprechen. Das möchte man ihnen natürlich nicht nehmen. Andererseits sieht das Teil schon ziemlich zerfleddert aus, ob es noch eine Generation aushält? Ich glaube, ich mach es neu, aber am gleichen Platz, denn ich mag diese alte Eiche. Dann haben die Kleinen einen Platz, an den sie zurückkommen können, aber wir gleichzeitig ein bequemes, neues, gutes Nest. Morgen schmeiß ich Choat raus, schicke sie auf Futtersuche, reiße das alte Nest ab und mach es neu. Sie wird sehr aufgeregt sein, wenn sie das neue Nest sieht.

Aufregung gab es ja auch in Heinrichs Leben in der fernen Stadt mehr als genug. Natürlich wissen die Krähenstämme in Göttingen wer er ist, gibt ja nicht so viele mit Krähen befreundete Menschen, und über die bekannten Klatschrouten bekomme ich stets das Neueste erzählt. Ich hätte nicht gedacht, daß aus dem schüchternen, gehänselten Brillenträger so ein Frauenschwarm wird. Der hat nichts anbrennen lassen. Also nicht, daß er ein Schürzenjäger geworden wäre, aber so manches hübsche Mädel in der großen Stadt hat ihn ohne Brille gesehen. Und die legt er nur im Bett ab.

Warum er sich dann mit dieser Elise verheiratet hat, keine Ahnung! An der ist ja wirklich nichts dran, besonders schlau ist sie auch nicht und um eine hübschere zu finden, mußt Du den Kopf nicht weit drehen.

Vielleicht wollte er einfach Ruhe und Sicherheit im Leben. Eine Frau, die keinen anderen findet, rennt auch nicht weg. Und ihr Vater hat auch dafür gesorgt, daß sein Schwiegersohn eine vernünftige Arbeitsstelle erhält, eine, die auch eine Familie ernähren kann. Heinrich hat jetzt gerade sein Staatsexamen gemacht, die Stelle im Landwirtschaftsministerium wartet nur auf ihn. Direkt nach der Verkündung der Noten fängt er an. Sein Schwiegervater bekommt halt immer seinen Willen. Wie bei der Hochzeit, als er bestimmt hat, daß die kirchliche Trauung in Göttingen stattfinden wird, nicht auf dem Dorf. Schließlich seien auch Ministerialdirigenten geladen, denen könne man nicht zumuten, in so ein Schlammloch zu reisen. Da konnte Heinrich schlecht widersprechen. Aber zumindest die Trauung hat dann sein Vater vollzogen, obwohl der bei der Zeremonie vor Rührung geweint hat.

Ich kann nicht verstehen, was Ihr Menschen habt. Wir Krähen sind froh, wenn die Kleinen einen Partner gefunden haben. Dann bauen die ihr eigenes Nest und wuseln nicht immer weiter bei uns herum. Ist ja auch besser für die Fortpflanzung, also warum heulen?

Was für unsere Fortpflanzung nicht gut ist, sind die ständig mehr werdenden Schießstöcke. Zwei meiner Kinder hat es schon erwischt. Wir gehen jetzt nur noch nachts auf die Felder, aber manchmal überraschen uns die Menschen dabei. Bin selber ein paar Mal nur knapp entkommen.

Früher haben die Menschen ja immer auf ihre ausgestopften Puppen vertraut, so Stöcke mit Kleidung dran und Hut auf. Ein paar von den Teilen haben sie aufs Feld gestellt und gedacht, wir wären so dumm, vor denen

Angst zu haben. Haben wir natürlich nicht, aber damit die Menschen weiter dran glauben und uns in Ruhe lassen, haben wir auf solchen Feldern immer nur nachts unsere Mägen gefüllt. Nachts am Boden zu sein, ist ziemlich gefährlich. Füchse, Dachse und Katzen siehst du da nur schlecht, wenn sie sich anschleichen. Also muß immer einer auf einem hohen Ast Wache halten, auch wenn das nur wenig mehr an Sicherheit bietet. Man schläft halt nachts leicht ein, das gab schon so manche brenzlige Situation wegen eingeschlafener Wachposten. Das Leben war früher ungefährlicher, habe ich den Eindruck.

Auch setzen die Menschen jetzt diese Monstren auf den Feldern ein. Bisher war relativ klar, wo diese dampfenden Teile langfahren, halt da wo ihre Spuren sind. Darauf konnte man sich einrichten, wenn einem klar war, wie gefährlich die Dinger sind. Mein rechter Flügel fängt an zu jucken, wenn ich nur daran denke. Jetzt haben die Menschen diese Teile aber auch auf den Feldern, manche sind fest in großen Nestern, aus denen Lärm und Dampf kommt, manche sind beweglich, aber ohne Spuren auf denen sie laufen und damit unberechenbar. Zumindest sind die nicht so schnell wie die Teile auf den geraden Spuren. Wahrscheinlich, weil sie den Weg ohne ihre Spuren nicht kennen und sich rantasten müssen. Das habe ich schon bei einigen Tieren auf dem Boden beobachtet: Die Rehe laufen auf ihren Pfaden auch schneller, als wenn sie abseits davon sind. Uns Vögeln ist so was egal, in der Luft gibt es keine Pfade. Wir fliegen so schnell wir wollen. Und wohin wir wollen.

Jetzt flieg ich erst einmal los. Kram für das neue Nest sammeln. Das verstecke ich in der Nähe, so daß Choat es bei ihrer Rückkehr nicht sieht und wenn sie dann morgen von der Futtersuche zurückkommt, werden ihr vor Überraschung die Federn ausfallen.

Kapitel 32

Der Zug rattert und schnauft von Buchenberg los, das gleichmäßige Getackere der Gleise, das Schwanken der Waggons und das Stampfen der Dampfmaschine wirkt einschläfernd. Heinrich darf nicht einschlafen, schließlich ist heute der 50. Geburtstag seines Vaters. Auch wenn Elise ihn die letzte Nacht fast durchgängig wach gehalten hat. In der Hochzeitsnacht war sie noch stocksteif und scheu, das hat sich grundlegend geändert. Jetzt vergeht kaum noch eine Nacht, in der sie ihm nicht das Nachthemd hochschiebt und den kleinen Corpsbruder fordernd streichelt. Letzte Nacht gab sie gar keine Ruhe. Nicht, daß Heinrich das stört, er hat ja auch seinen Spaß dabei, aber heute wäre er gern ausgeschlafener gewesen.

Am Rande seines Bewußtseins schleicht sich etwas ein. Das Schnaufen der Dampflok klingt nicht mehr so regelmäßig, der Zug verliert Geschwindigkeit, ohne daß ein Quietschen der Bremsen zu hören ist. Der Zug rollt nur noch, ohne gezogen zu werden, das Getackere der Räder auf den Gleisen wird langsamer. Sie rollen in den Bahnhof von Hessisch-Hausen ein, sehr gemächlich. Der Schaffner läuft in seiner militärisch-wirkenden Uniform durch die Waggons und bittet die Fahrgäste auszusteigen, da es ein technisches Problem gegeben habe. Die moderne Dampftechnik sei zwar sehr zuverlässig, aber nichts in dieser Welt sei fehlerfrei.

Heinrich nimmt seine Sachen und das von Elise sorgsam für seinen Vater mit roter Schleife verpackte Geschenk und verläßt mit den anderen Passagieren den Zug. Ratlose Grüppchen stehen am Bahnsteig, die Dampflok läßt eine immense Qualmwolke aufsteigen. Der Lokomotivführer und sein Heizer beugen sich über eines der Räder, der Bahnhofsvorsteher steht mit hinter dem Rücken verschränkten Armen aber mit neugierig vorgerecktem

Kopf hinter ihnen. Er wechselt ein paar Worte mit dem Lokomotivführer, nimmt dann seine Pfeife in den Mund, mit einem lauten Trillern bittet er die Fahrgäste um Ruhe. Der Zug könne aufgrund eines technischen Defektes nicht weiterfahren, man werde schnellstmöglich Ersatz anfordern. Bis dahin mögen sich die Fahrgäste in den Bahnhof begeben, wo ein kleiner Imbiß vorbereitet werde. Im Namen der Reichsbahn bitte man um Verständnis für die Verzögerung.

Die Fahrgäste trudeln gemächlich in den Warteraum, während sich der Bahnhofsvorsteher umgehend an den Telegrafen setzt, um seine übergeordnete Stelle von der mißlichen Lage zu unterrichten. Im Bahnhofssaal werden derweil provisorisch ein paar Tische aufgestellt, an denen der Bahnhofswirt und eine Helferin beginnen, Stullen für die Fahrgäste zu schmieren. Etwas an der Helferin irritiert Heinrich, etwas kommt ihm bekannt vor. Er beobachtet sie, wie sie die Brotscheiben mit Butter beschmiert und der Bahnhofswirt sie dann belegt und zerteilt. Die Haare! Diese weizenblonden Haare. Das war es. Dunkel in seinem Hinterkopf regt sich die Erinnerung an die Zwangspause in Gretenbach, die Erinnerung an jenes blonde Mädchen, das ihn so bewundernd angeschaut hatte, das er danach noch einmal auf dem Bahnhof sitzend gesehen hatte.

Er schaut ihr beim Buttern der Brote zu, bewundert die Eleganz ihrer Bewegungen, wie ihre wilde Mähne ihr immer wieder im Weg ist. Heinrich sitzt dort auf seiner harten Wartesaalbank, schaut und genießt den Anblick, könnte so dort noch Stunden, den Rest seines Lebens sitzen. Die ersten Brote werden ausgeteilt, aber Heinrich hat keine Eile. Als das Mädchen - oder besser die Frau - korrigiert er sich in Gedanken, also als die Frau mit den blonden Haaren alle Brote gebuttert hat, beginnt auch sie mit dem Austeilen der Stullen. Nun stellt sich Heinrich in die Schlange und als er an der Reihe ist, sagt er betont „Hallo". Das Mädchen, nein, die Frau blickt ihn leicht irritiert an, schenkt ihm ein Lächeln und reicht ihm eine Stulle. Heinrich setzt sich wieder auf seinen Platz und schaut ihr weiterhin zu. Dabei bemerkt er, daß sie gelegentlich kurz zu ihm herüberblickt. Es sind alle Stullen verteilt, die Tische werden zusammengeklappt, die Frau verschwindet mit dem Wirt in die Räume der Bahnhofsgastwirtschaft.

Da es nun nichts mehr zu genießen gibt, nimmt sich Heinrich seine Stulle, geht auf den Bahnhofsvorplatz und setzt sich dort auf eine Bank. Vielleicht sieht er die Frau ja noch einmal, es war einfach ein Vergnügen, ihre Bewegungen zu beobachten. Nur langsam dringt das wiederholte Krächzen aus der Kastanie zu ihm durch, er schaut auf. Wie er es immer macht, wenn er eine Krähe sieht, grüßt er. Doch diese Krähe spreizt daraufhin ihre Flügel, läßt sich in die Luft fallen, segelt direkt vor Heinrich, wo sie ihn schräg anschaut, den Kopf senkt und ihn zum Streicheln einlädt. „Abraxas" ruft Heinrich erstaunt aus, „was machst Du denn hier?" Er streichelt den Vogel, wieder und wieder, hört das vertraute leise Krächzen, Glück erfüllt sein Herz, seinen Bauch, seinen Kopf. Nachdem die beiden sich derart begrüßt haben, reicht Heinrich Abraxas ein Stück von seiner Stulle, die der Vogel herunter schlingt und mit freudigem Krah-Krah quittiert. Neugierig geht Abraxas um Heinrich herum, betrachtet ihn und vor allem das Geschenk mit der roten Schleife von allen Seiten, nur um dann noch ein Stückchen Stulle in Empfang zu nehmen. Gerade als er dies mit gerecktem Schnabel verschlingt, setzt sich die blonde Frau neben Heinrich auf die Bank.

„Das macht er sonst bei niemandem", sagt sie, während sie Abraxas streichelt.

„Doch" entgegnet Heinrich, „bei meinem Vater, bei mir und bei Onkel Heinz. Wir haben ihn aufgezogen, mein Vater hat ihn mit gebrochenem Flügel am Wegesrand gefunden. Ich kenne Abraxas schon, seit ich ein kleines Kind war."

„Ich auch", antwortet sie.

Und so beginnen die Beiden, sich gegenseitig Geschichten aus ihrem Leben mit der Krähe zu erzählen. Wie er die Signale verstellte, wie er den Kirchenschlüssel entführte, wie er der Mutter bei der Mohrrübenernte zuschaute, nur um dann vor sie zu flattern, alle Mohrrüben sorgfältig aus dem Boden zog und fein säuberlich daneben legte, sodaß sie nur noch aufgesammelt werden mußten. Wie er alle Schleifen aufzog, alle Bänder einsammelte, nur um sich darin zu verheddern, wie er ganz verrückt nach der Asche aus Onkel Heinz Pfeife ist, wie Abraxas beim Pflügen des Kartoffelfeldes stolz wie ein König auf dem Pflug hockt und wie er die Katzen von der Volière vertreibt.

Während sich die beiden unterhalten, in Geschichten verlieren, hüpft Abraxas aufgeregt um die beiden herum, läßt sich streicheln, erschrickt manchmal ein wenig vor einem lauten Lachen und schaut seinen beiden Lieblingsmenschen glücklich zu. Beim Pfeifen des nahenden Ersatzzuges fliegt er auf, zurück in die Kastanie. Auch Louise und Heinrich stehen auf, „Ich vergaß mich vorzustellen: Heinrich Landwehr, seit kurzem im Landwirtschaftsministerium. Ich besuche meinen Vater in Haßlieb".

„Angenehm, Louise Meier, ich bin Hobby-Ornithologin aus Gretenbach, die Krähe hat mich darauf gebracht. Ich wohn jetzt hier in Hausen." antwortet sie, mit einem ungewissen Deut in Richtung des entfernten Weichenwärterhäuschens.

Und so schnell sie sich kennengelernt haben, so schnell müssen sie sich wieder verabschieden, der Zug wartet nicht.

Kapitel 33

Schon von weitem hatten sie gemerkt, daß mit dem Zug etwas nicht stimmte. Louise schaute aus dem Garten auf die Bahnlinie, Carl stand Meerschaumpfeife rauchend vor seiner Bank, als die Bahn mit letztem Schwung die Weiche überquerte und in den Bahnhof einfuhr. Louise wusch sich schnell die Hände und lief sofort los. Indessen stellte ihr Mann die Weiche um. Es war nicht das erste Mal, daß ein Zug liegenblieb, daher wußte Louise um die viele Arbeit, die die Versorgung der feststeckenden Fahrgäste bedeutete. Daß sie aber beim Stullen verteilen den Jungen mit der Brille wiedertreffen würde, daß er die Krähe gut kannte, das hätte sie sich in ihren kühnsten Träumen nicht vorgestellt.

Es tat gut, sich mit jemandem auszutauschen, der Vögel mochte, der diese Krähe kannte und mochte. Sie hatten viel gelacht, manche Geschichte war aber auch zu witzig. Und der Junge - sie korrigierte sich - der Mann mit der Brille, war sympathisch. Und gebildet. Er sprach Hochdeutsch. Sie fand ihn sehr anziehend, darum erwähnte sie Carl gegenüber nichts von dem Treffen mit Heinrich. Das war auch einfach, denn Carl wollte sowieso nur wissen, welcher Defekt an der Lokomotive vorlag. Dazu konnte sie nichts sagen.

Aber ein Mensch, der im Landwirtschaftsministerium arbeitete und Krähen mochte, sehr interessant. Und der Vogel mochte ihn, das konnte man sehen. Die Krähe hatte einen sehr guten Instinkt für Menschen. Das machte Heinrich für Louise nur noch interessanter. Das Erlebte an diesem Tag ging ihr nicht aus dem Kopf, noch beim Schlafengehen schwirrten ihr die Gesichter, die Geschichten im Kopf herum.

Kapitel 34

Auch Heinrichs Gedanken drehen sich auf der Rückfahrt vom Geburtstag seines Vaters um das Erlebte. Diese unglaublich attraktive Frau, das unerwartete Zusammentreffen mit Abraxas, die ausgetauschten Geschichten, ihr Lächeln, wie sie beim Zuhören eine Locke um ihren Finger drehte, wie sie ihm aufmerksam zuhörte, nur um sich anschließend vor Lachen zu schütteln.

Der Geburtstag seines Vaters war langweilig gewesen, die Mutter hatte ein paar Gemeindemitglieder eingeladen, wurde nimmer müde, auf Hochdeutsch ihre christlich-solide Ehe mit dem Geburtstagskind und den beruflichen Erfolg ihres mittlerweile erwachsenen Kindes zu betonen. Heinrich sah seinem Vater an, daß er gelangweilt war. Als sie beide sich auf eine Zigarre zurückzogen, erzählte Heinrich von Abraxas, daß er ihm in Hausen begegnet war. Sein Vater war nicht erstaunt, kam die Krähe doch in letzter Zeit immer seltener vorbei. Und meist besuchte sie anschließend noch den Nachbar Heinz, nur um gleich darauf wieder weg zu fliegen. „Wahrscheinlich hat er sich ein neues Zuhause gesucht und ein gutes gefunden. Und was war mit diesem Mädel am Bahnhof?" Sein Vater kannte ihn durch und durch, hatte Heinrich doch versucht, die menschliche Begegnung nur beiläufig zu erwähnen. Aber damit kam er bei seinem Vater nicht durch. Daher schwieg er und als sein Vater ihn weiterhin erwartungsvoll anschaute, meinte er nur „Ach, nichts Besonderes. Ganz nett und scheint sich gut um Abraxas zu kümmern." Sein Vater schaute ihn nur an und nickte dann, sie pafften schweigend weiter.

Nun sitzt er wieder im Abendzug zurück, den Kopf an den Fensterrahmen gelehnt. Daß ihn eine Frau so in Unruhe bringen konnte, hätte Heinrich nicht gedacht. Er hatte ja schon einige Frauen kennengelernt, aber jetzt schaffte er es nicht, daß seine Gedanken aufhörten, sich um diese eine zu drehen. Dieses Haar, dieses offene Lachen, bei dem sie ihren Kopf in den Nacken warf, die Eleganz ihrer Bewegungen, mit welcher Begeisterung sie von Vögeln sprach. Noch nie hatte ihn eine Frau so beeindruckt. Und Abraxas mochte sie anscheinend auch. Die Krähe hatte einen sehr guten Instinkt für Menschen. Außer ihm, seinem Vater und Onkel Heinz näherte sie sich in Haßlieb niemandem. Konnte es sein, daß die Krähe instinktiv die richtige Frau für ihn gefunden hatte, ohne daß er gesucht hatte? War das Vorsehung? Heinrich wischt den Gedanken beiseite, sie halten gerade in Hausen. Er öffnet das Fenster, hält Ausschau nach einem blonden Schopf. Keiner zu sehen, er wartet, bis der Zug anfährt, erst dann schließt er das Fenster wieder. Das Weichenwärterhäuschen zieht in dem Moment an ihm vorbei, als er sich wieder hinsetzt.

1908, 20. JAHR DER REGIERUNG KAISER WILHELMS II.

Kapitel 35

Nun sitze ich hier auf dieser hohen Menschenhöhle mit dem Pferd als Spitze, die die Menschen Kirsche nennen und lasse die letzten drei Jahre einmal Revue passieren. Ich hoffe, daß es nicht zwischendurch laut wird, aus dieser Kirsche kommen manchmal diese ohrenbetäubenden Geräusche. Ich weiß nicht, warum die Menschen so einen Lärm machen, nur um sich zu versammeln und warum sie die Versammlungshöhle wie einen Fruchtbaum nennen. Ehrlich gesagt weiß ich bei vielem nicht, warum die Menschen das machen. Obwohl ich sie doch besser kenne, als irgendeine andere Krähe sie kennt. Mittlerweile verstehe ich sogar ihre unmelodische Sprache, kann diese komischen gurrenden Laute voneinander unterscheiden. Meine Zunge hätte zwar sich bei dem Versuch verbogen, sie zu sprechen, aber verstehen tu ich vieles.

Ja, warum sitze ich hier oben? In meinem Nest fühle ich mich nicht mehr wohl, da gehe ich nur noch zum Schlafen hin. Dabei ist das noch nicht einmal mein Altes. Mein altes Nest habe ich an dem Tag verlassen, als ich es Choat stolz präsentieren wollte. Doch sie kam nicht zurück. Die anderen Krähen, mit denen sie zur Nahrungssuche geflogen war, erzählten von dem Knall und wie sie dann aus der Luft abgestürzt war. Sie muß wohl sofort tot gewesen sein. Ich hasse diese Schießstöcke! Warum tun die Menschen das?!

Noch am gleichen Tag zog ich aus dem Baum fort, ich wollte nicht in einem Nest leben, das für mein Weibchen gedacht war, als Überraschung bei ihrer Rückkehr, das sie aber niemals sehen durfte. Mit meinem jetzigen Nest habe ich mir bei weitem nicht so viel Mühe gegeben, nur einige Stöcke, ein paar Fäden, etwas Heu, sodaß es nicht zu ungemütlich ist.

Ja, die Menschen haben mir Choat genommen. Ich bin am Abend noch hingeflogen, allein. Da lag sie leblos auf diesem Acker. Ich habe sie angestupst, sie hat sich nicht bewegt. Ich habe ihr liebliche Worte ins Ohr gekrächzt, sie hat sich nicht bewegt. Ich habe ihr, wie sie es liebte mit dem Schnabel über den Vorderflügel gestreichelt, doch sie hat sich nicht bewegt. Ich wollte mich neben sie legen, neben die Begleiterin meines Lebens, die einzige Krähe mit einer weißen Feder. Das Weibchen, das melodischer krächzte als alle anderen Weibchen, deren Flug einfach nur sehenswert, spektakulär war. Mein Weibchen. War. Sie war mein Weibchen gewesen, jetzt lag dort nur noch ein toter Haufen Fleisch und Federn, ihr lieblicher Kopf, ihr kräftig-liebevoller Schnabel, die formvollendeten Krallen, ihre tiefschwarzen Augen ohne Glanz. Sie war. Sie ist nicht mehr. Sie wird mich nie wieder auf einen gemeinsamen Flug begleiten, auf und ab, immer in den Wind hinein und mit dem Wind mit. Sie wird mich nie wieder im Nest erwarten, nie wieder wird sie mich überraschen, indem sie den Flügel hebt und mir die frischgelegten Eier unter sich präsentiert.

Fast hätte es in diesem Augenblick der Trauer auch mich erwischt. Nur aus dem Augenwinkel nahm ich eine Bewegung war, flog erschreckt hoch und war zum Glück schon zu weit oben für die Katze, ihre Tatze berührte gerade noch meine Kralle. Ich war sauer! Erst erschrocken und dann sauer, aber so richtig sauer. Als diese verdammte Katze sich daran machte, mit dem leblosen Körper meiner Liebsten zu spielen, sah ich nur noch rot. Im Steilflug runter und den Schnabel mit Schwung mittig in den Schädel. Die Katze bewegte sich noch ein paar Schritte und sank dann nieder, einen Meter von Choat entfernt. Menschen und ihre Katzen. Die Menschen hatten mir meine Liebste genommen, die Katze wollte ihre sterblichen Überreste fressen. Bei der Katze kann ich das verstehen, die war hungrig, aber die Menschen? Warum tun die so was?

Die Katze hatte ich getötet, die Menschen mit den Schießstöcken konnte ich nicht töten. Hätte ich in dem Moment einen gesehen, hätte ich es aber zumindest versucht. Sie haben mir das Liebste im Leben genommen, sie haben die eleganteste aller Krähen einfach vom Himmel geschossen. Daraufhin hielt ich mich erst einmal von allen Menschen fern. Auch wenn ich wußte, daß nicht alle so sind, daß ich manche Menschen mochte, aber ich konnte nicht anders.

Ich hielt mich auch von Louise fern, Heinrich war ja sowieso nur noch ganz selten da. Der lebte ja mittlerweile in Hannover, weil da sein Ministerium war. Umso schöner, daß die beiden sich noch einmal trafen. Reiner Zufall, aber wie das Leben eben manchmal so spielt. Heinrich war auf einer länderübergreifenden Fortbildung in Cassel, sein Ministerium hatte ihn dahin geschickt. Und wie er da so an einem Samstag ein Referat über moderne Landwirtschaftsmethoden in der Universitätsbibliothek vorbereitete, wer setzte sich da ans Lesepult genau gegenüber?

Louise hatte ihn gar nicht gesehen, erst als er den Kopf hob und sie anstarrte, blickte auch sie auf. Lange sagten sie nichts, sondern schauten sich nur an. Schauten sich an. Und schauten sich an. Sie lächelte. Er lächelte. Und sie schauten sich in die Augen. Tief. Wie auf Befehl klappten beide ihre Bücher zu, Heinrich ließ das Referat Referat sein, sie gingen in das nächstgelegene Café und unterhielten sich. Und schauten sich dabei an. Sie quatschten lange und schauten sich lange an. Bis Louises Blick auf die Wanduhr fiel, sie nur noch ihre Tasche greifen, „Mein Zug!" rufen und loslaufen konnte.

Aber nun wußte Heinrich, wann und wo er sie finden konnte. Und so begab er sich noch ein paar Mal zu „Fortbildungen" nach Cassel, und so trafen sie sich noch ein paar Mal an den Samstagen in der Universitätsbibliothek. Und so besuchten sie noch ein paar Mal das Café, bis Louise zu ihrem Zug mußte.

Einmal, ja einmal, da kam der Ablauf durcheinander, doch ich will Euch nicht zu viel erzählen.

Kapitel 36

Heinrichs Arbeit im Landwirtschaftsministerium, oder, wie es offiziell heißt „Hannöversches Ministerium für Landwirtschaft und Jagdwesen" ist nicht schwer. Er stellt Pläne und Listen auf, errechnet das voraussichtliche Erntevolumen bestimmter Getreidearten für den jeweiligen Sommer, erstellt Gesetzesvorlagen zur Ordnung der aristokratischen Jagdreviere und ärgert sich mit Bauernverbänden herum. Im Moment ganz besonders. Der Reichsbauernverband möchte, daß auf Staatskosten landesweit Köder zum Behufe der Krähen-Eliminierung ausgelegt werden. Schließlich ginge es um die Sicherung der Ernte und damit um die Ernährung des deutschen Volkes. Zum Glück weiß Heinrich den Ministerialdirigenten auf seiner Seite. Nicht, weil dieser die Rabenvögel besonders schätzt, das tut er wahrlich nicht, sondern weil Heinrich ihm eine detaillierte Kosten-Nutzen-Rechnung vorgelegt hat. Aus dieser geht klar hervor, daß dem Staat immense Kosten entstehen würden und diese Aktion jährlich durchgeführt werden müßte, um irgendwann einen eventuellen Erfolg zu zeitigen. Der Ministerialdirigent ist zwar selber ein Junker, der im Preußischen große Ländereien besitzt, er kann aber auch rechnen.

Fast wäre es noch knapp geworden, die Bauernverbände hatten auf die erfolgreiche Ausrottung des Wolfes hingewiesen, doch anhand der Geburtenrate konnte Heinrich den abzusehenden Mißerfolg der Giftköder nachweisen. Statt in Köder empfahl er die Investition in Dünger und moderne Maschinen zur Ackerbearbeitung, die Förderung von Dampfmaschinen zum Dreschen und Pflügen. Der Ministerialdirigent folgte seiner Argumentation.

Seit er nach Hannover versetzt worden ist, geht es mit seiner Karriere aufwärts. Die alten Kontakte seines Schwiegervaters hatten ihm zwar in das Ministerium hinein geholfen, der Grund für seinen Aufstieg innerhalb des Ministeriums war jedoch die gute Arbeit, die er ablieferte. Der Ministerialdirigent schätzt sein Wissen und seine fundierten Vorlagen. Anders als die Adligen und die Beamten, die ihre Stelle vom Vater geerbt haben, bemüht er sich, arbeitet. Das führt natürlich zu Spott und Neid, viele Kollegen schauen auf den Emporkömmling herunter, der für sein Geld tatsächlich arbeitet und nicht nur Akten verwaltet. Manche nennen ihn „Emporkömmling", manche „Karrierist".

Zu Empfängen und Abendrunden wird Heinrich eher als Anhängsel seiner Frau eingeladen, daher nimmt er diese Anlässe nicht gern war, tut es nur Elise zuliebe. Elise, deren Gebrabbel beim Abendessen er nicht zuhört, Elise, deren Anwesenheit er aber dennoch schätzt. Elise, die er noch nie „seine Elise" genannt hat, die aber ein fester Bestandteil seines Lebens geworden ist. So verzieht er sich gern bei diesen Anlässen in den Herrensalon, zusammen mit den anderen Ehemännern, die aufgrund ihrer Stellung oder Geburt von ihm erwarten, daß er zu ihnen aufschaut. Die er aber auf Augenhöhe behandelt. Seit seinen Corpstagen ist ihm klar, daß ein junger Baron vor dem Kotzbecken die gleiche schlechte Figur abgibt, wie ein Bauernsohn. Und daß die Betonung der höheren Geburt oft nur die niedere Intelligenz verschleiern soll.

Elise schleppt ihn zu diesen Empfängen und Abendgesellschaften, ihretwegen steht er das durch. Elise, die er nicht liebt, in deren Armen er oft an Louise denken muß. Oft daran denken muß, wie anders sein Leben sein könnte, sich oft fragt, ob es überhaupt eine glückliche Liebe geben kann.

Die kurzen, die seltenen Stunden im Café in Cassel, die angeregten Gespräche, die neuesten Geschichten von Abraxas, die Eleganz, mit der Louise ihre Kaffeetasse hält. Kann das Liebe sein? Wie oft ist er schon mit ihrem Namen auf den Lippen aufgewacht? Verschämt und erleichtert darüber, daß seine Frau im Halbschlaf den kleinen Unterschied zwischen Elise und Louise nicht bemerkte, stattdessen ihren blaßweißen Körper glücklich an ihn kuschelte. Um wie viel lieber würde er in solchen Momenten Louises Haut an seiner spüren. Diese samtige, gebräunte Haut, mit dem sandfarbenen Flaum.

Kapitel 37

„Besser spät als nie", ist der Kommentar ihres Vaters gewesen. Ihre Mutter hingegen hat sie vor Freude umarmt, direkt angefangen, Babysachen zu stricken und auf dem Dachboden nach der Wiege zu suchen. Mit 24 Jahren das erste Kind zu bekommen, war sicherlich spät, aber Louise hatte es nicht anders gewollt, hatte ihre Freiheit bis dahin genossen, wie keine andere Frau im Ort. Nun war sie soweit, war darauf vorbereitet, ein Kind groß zu ziehen. Ein Kind gemeinsam mit Carl großzuziehen. Carls Reaktion war ähnlich wie die vom Vater, eher gleichgültig als freudig.

Wie würde er als Vater sein? Würde er eine neue Seite an sich zeigen, eine kinderliebe Seite? So lange sie ihn kannte, hatte sie ihn noch nie mit Kindern gesehen, sie konnte es nicht einschätzen. In den ersten Jahren würde das Kleine mit ihnen im Zimmer hinter der Küche schlafen, aber Louise wollte Carl bitten, schon bald mit einem Anbau zu beginnen. Damit das Kleine irgendwann ein eigenes Zimmer haben könnte, nicht am Küchentisch seine Hausaufgaben machen müßte. Sie nannte es „Das Kleine", da sie sich nicht sicher war. Die alte Kräuterfrau hatte mit Bestimmtheit gesagt, daß es ein Mädchen werden würde. Die jahrelange Erfahrung der Alten verunsicherte Louise, denn eigentlich wollte sie einen Jungen. Daher nannte sie das, was in ihrem Bauch heranwuchs „Das Kleine" oder „Unseren Nachwuchs", wollte sich noch nicht auf ein Geschlecht festlegen, wollte eigentlich einen Jungen. Einen Jungen mit seinen Augen, mit seinem Lächeln.

Für Carl war die Geschlechterfrage egal, er würde sicherlich die Vaterrolle übernehmen, wie auch immer er diese ausfüllen würde. Vielleicht erwachte ja eine zärtliche Seite in ihm, vielleicht würde er sogar Verständnis dafür aufbringen, daß dieses Kind ein wenig Chaos in seine geordnete Welt bringen würde. Sie wünschte es sich, aber machte sich keine großen Hoffnungen. Hoffnungen konnten enttäuscht werden. Zumal sie Carl kannte und sich nicht vorstellen konnte, daß er menschlich-warme Regungen zeigen könnte, daß er Unordnung akzeptieren könnte. Lieber keine Hoffnungen als enttäuschte Hoffnungen, dachte sie sich.

Für die Zukunft des Kindes konnte sie hoffen. Sie würde dem Kleinen eine gute Mutter sein, egal ob Bub oder Mädel. Sie würde dafür sorgen, daß es die Schule und die Universität besuchen konnte, so lange es wollte. Und studieren, was es wollte. Dafür würde Louise kämpfen, würde ihrem Nachwuchs die Möglichkeiten bieten, die sie selber nie hatte ausschöpfen können. Egal ob Mädel oder Bub.

Kapitel 38

Es ist so schön, den Herbstwind unter den Flügeln zu spüren, die Stürme, die dich in Sekundenschnelle emporheben, in die du dich fallen lassen kannst, nur um wieder hochgeschleudert zu werden, die Blätter, die du im Flug aufspießen kannst. Ein Spaß ohne Ende, ein Vergnügen, bei dem man sich wieder jung fühlt, bei dem man als erfahrene Krähe zeigen kann, was man drauf hat. Doch wir Krähen wissen, daß dieses Vergnügen nur kurz andauert, daß es die kalte Jahreszeit einleitet, die Zeit des Hungers. Die Menschen legen dafür Vorratslager an. Das ist ziemlich schlau, daher habe ich das auch versucht und einige Nüsse in einer Felsspalte versteckt. Aber als ich das vor kurzem kontrollieren wollte, waren die Nüsse angeknabbert, die elendigen Scheißmäuse haben sich an meinem Fressen vergangen. Um das wieder auszugleichen, habe ich gleich mal eine Feldmaus gekillt und meinem Nachwuchs zum Futtern mitgebracht. Aber ich muß einsehen, daß die Idee mit dem Vorratslager nicht so gut war, unnötiger Aufwand, der vergeblich ist, wenn man den Vorrat nicht bewachen kann. Die Menschen haben ihre Katzen und Hunde, um die Lagerstätten zu sichern, wir haben nichts. Und wie ich meine Krähenkollegen kenne, würden die auch keinen Moment zögern, mir meine Vorräte wegzufuttern.

Genauso, wie wir die Vorräte der Menschen wegfuttern, wenn keiner hinguckt. Die haben so ein großes rundes Teil gebaut, in dem sie den Mais lagern. Natürlich haben wir rausgefunden, daß man da von oben auch ran kann. Da ist ein Schlitz, kaum krähenbreit, da kann man durchschlüpfen. Einmal drinnen, ist das das reinste Paradies. Du kannst dir dermaßen den Bauch vollschlagen, das ist der Hammer. Aber wir sind ja nicht doof, wir gehen da nur nachts rein, wenn die Menschen schlafen. Obwohl mein jüngster Sohnemann so blöd war, auf den Mais zu kacken. Als wäre es so schwierig, mal ein paar Minuten einzuhalten und sich dann draußen zu erleichtern. Hab ihn ordentlich angeraunzt, hat er dann eingesehen und es kommt nicht noch mal vor. Vom Schwarmältesten ausgekrächzt zu werden, ist für jede Krähe eine Schande. Ich hoffe, damit haben auch die anderen kapiert, wie vorsichtig wir sein müssen, damit die Quelle nicht versiegt. Es geht ja schließlich um das Überleben des ganzen Schwarms im Winter, darum, daß wir weiter wachsen und unsere Kinder überleben. Da kann man so ein sinnloses Hinkacken einfach nicht gebrauchen. Es ist schon ein wenig ironisch, daß die Menschen uns töten und gleichzeitig mit ihren Kornspeichern unser Überleben sichern. Wenn die wüßten...

Getötet wird in letzter Zeit viel, immer mehr Menschen haben Schießstöcke. Und sie tarnen sich immer besser. Früher haben sie am Rande des Feldes gesessen, du hast sie gesehen und dann schnell die Biege gemacht. Jetzt verstecken die sich im Wald, die sieht man von oben gar nicht mehr. Man hört nur noch den Knall. Es gibt auch welche, die haben ganz fiese Schießstöcke: Da wird nicht nur einer getroffen, sondern gleich mehrere, obwohl es nur einmal knallt. Und die meisten Getroffenen sind dann auch nur verwundet statt tot, verrecken elendig an ihren Verletzungen. Schon zweimal habe ich Louise zu verwundeten Verwandten gelotst, einer fliegt wieder, der andere lebt in ihrem Käfig mit den anderen Vögeln. Gelegentlich besuche ich ihn und versuche, ihn ein wenig aufzuheitern. Obwohl es eine Schande ist, wie er sich dort mit den eitlen Staren und den dämlichen Sperlingen ums Futter streiten muß. Aber ich hab ihm gesagt, daß er sich zurückhalten und keinen von denen plattmachen soll. Die Louise würde das nicht verstehen und ihn wahrscheinlich rausschmeißen. Eine Schande, daß er diesen herrlichen Herbstwind nicht nutzen kann, wo man sich wieder jung fühlt.

Wieder jung fühle ich mich auch wegen meines neuen Weibchens, von dem habe ich ja noch gar nicht erzählt. Das Schwarmführer-Dasein hat auch was für sich, den ganzen Aufwand mit dem Werben und so konnte ich mir sparen. Das habe ich natürlich trotzdem gemacht, zumindest ein bißchen, bin ja ein Gentleman alter Schule. Meine neue heißt Krawat. Ein hübsches junges Ding mit aufregenden Schwanzfedern. Choat ist natürlich nicht vergessen, aber man muß sich ja weiter fortpflanzen. Hab ein neues, schönes Nest gebaut, da konnte Krawat gar nicht ablehnen. Und Kinder haben wir auch schon, auch wenn eines von denen so dämlich war, in den Maisvorrat zu scheißen. Die meisten meiner anderen Kinder sind ja bei mir im Schwarm, auf die kann ich aufpassen, daß nichts passiert. Trotz aller Sorgfalt hat es schon zwei von denen erwischt. Manche haben sich aber auch anderen Schwärmen angeschlossen, um die mache ich mir Sorgen, daß sie von den Schießstöcken getötet oder verletzt werden. Als Vater macht man sich halt immer Sorgen, auch um die Kinder, die einen verlassen haben. Und diese Schießstöcke sind einfach gefährlich.

Einmal, ja einmal habe ich mich für Choat und all die anderen, die getötet wurden, rächen können. Ein schöner Moment, an dem sich hoffentlich die anderen ein Beispiel nehmen. Das lief so: Ich flieg so durch den Wald, schaue, wo auf einer Buche noch was zu holen ist, da fällt mir unten ein Glänzen auf. Ich wollte schon hinfliegen, so ein Glitzern ist ja immer interessant. Im letzten Moment sehe ich, daß es ein Schießstock ist, den ein Mensch auf das Feld gerichtet hat; zum Glück war auf dem Feld gerade keine Krähe. Ich hüpfe also unauffällig von Ast zu Ast, bis ich fast genau über ihm bin, lasse mich im Sturzflug runterfallen, hacke ihm volle Kelle auf den Kopf und fliege zack wieder hoch. Was bei Katzen und Füchsen wirkt, wirkt auch bei Menschen mit Schießstöcken. Was hat der Schwarm gestaunt, als ich diese Geschichte erzählt habe! Erst wollten sie mir es nicht glauben, aber das Blut an meinem Schnabel war der Beweis. Wir können zurückschlagen. Wir müssen nur mutig sein.

Mutig, um nicht zu sagen „dreist", sind auch die Kuckucke. Da haben wir doch im Sommer tatsächlich ein Weibchen erwischt, das ein Ei in unser Nest legen wollte. Saß die ganze Zeit unauffällig einen Baum weiter. Als wir weg geflogen sind, fliegt das Vieh zu unserem Nest. Ich hatte zufällig den Kopf gewandt und sah die an unserem Nest. Also wieder zurück, das Vieh fliegt zeternd weg und schau mal an: Da liegt ein Ei mehr im Nest. Sah auch ganz anders aus als unsere, also nichts wie raus damit. Das erinnerte mich an das Küken vor ein paar Jahren, das gar nicht nach Krähe aussah, sondern, ihr erratet es sicher, mich eher an einen Kuckuck erinnert hat. Damals war mir die Sache nicht klar, aber jetzt hab ich dem ganzen Schwarm Bescheid gesagt, daß Kuckucke immer aus der Nähe unserer Nester vertrieben werden müssen.

Einem Menschen würde so etwas sicherlich nicht passieren, das falsche Küken mit aufzuziehen, die würden den Unterschied zwischen einem Kuckuckskind und den eigenen sofort merken.

1910, 22. JAHR DER REGIERUNG KAISER WILHELMS II.

Kapitel 39

Der Umzug nach Berlin, der Unterschied zwischen Hannover und Berlin, war Heinrich schwergefallen, aber mittlerweile hatte er sich eingelebt, an den Trubel der Hauptstadt gewöhnt. Er vermißte die Besuche bei seinen Eltern, die schon von Hannover aus schwierig genug, aber zumindest möglich waren. Auch Elise, die in Hannover verblieben war, sah er jetzt nur noch gelegentlich am Wochenende. Doch der Aufstieg ging einher mit einem besseren Lebensstandard, mit sinnvolleren Aufgaben. Sein Ministerialdirigent, jetzt kaiserlicher Minister für Landwirtschaft und Jagdwesen, hatte ihn praktisch mitgenommen und übertrug ihm die wichtigen oder sehr speziellen Aufgaben. Gerade arbeitete er an einem Spleen der Kronprinzessin: Auf einer Landpartie war ihr aufgefallen, daß die Bauern Stare und andere Vögel schossen, um sie danach zu braten. Dabei mußte die Prinzessin an die prachtvollen Singvögel der kaiserlichen Volière denken, an deren Gesang sie sich erfreute und denen sie in einem Überschwang der Tierliebe ein derartiges Schicksal ersparen wollte. Die fast täglich auf der kaiserlichen Tafel aufgetischten Wachteln und Tauben hatte sie dabei natürlich nicht im Sinne, das waren ja Speisevögel, keine Singvögel.

Und weil Anforderungen aus kaiserlichem Hause besonders schnell und effizient umgesetzt werden müssen, war diese Aufgabe bei Heinrich gelandet. Die Singvogel-Verordnung, die sicherstellen soll, daß keine Singvögel mehr geschossen werden. Die kaisertreue Presse hatte die Kronprinzessin für ihr Engagement sogar gelobt, ihre Tierliebe betont. Das gab doppelten Druck auf Heinrich, dessen Name zuweilen auch in den Journalen erwähnt wurde. Es war egal, ob die Bauern hungerten oder nicht, im Vordergrund stand, daß die Kronprinzessin (und damit auch das ganze Reich) nachts ruhiger schlafen konnte.

Nach kurzer Beratung mit zwei Professoren der Humboldt-Universität erstellte er eine Liste der heimischen Singvögel, bezog dabei auch die etwas exotischeren der kaiserlichen Volière mit ein und geht nun sie nun zum letzten Mal durch. Nicht, daß ein Vogel, dessen Namen die Kronprinzessin zufällig kennt, in der Liste nicht auftaucht. Dies würde das ganze Ministerium beschämen und in ein schlechtes Licht rücken. Dem Minister, der von der ganzen Sache überhaupt keine Ahnung hatte, würde durch „seine Wohlbeleibtheit", den Kaiser, Inkompetenz vorgeworfen werden, nur weil diese dumme Gans zufällig einen Vogelnamen kennt. Diese Peinlichkeit darf nicht passieren, das hat Heinrich auch seinen beiden Professoren, die die offizielle Expertenkommission bilden, klargemacht. Also geht er die Liste ein weiteres Mal durch, gleicht sie mit den verschiedenen Tierlexika ab, die er sich in der Universitäts-Bibliothek ausgeliehen hat. Gegen den Willen des Bibliothekars, schließlich war das Präsenzbestand, doch der Verweis auf den Willen der Kronprinzessin machte auch den behäbigen Bibliothekar gefügig. Als ginge es um die nationale Sicherheit und nicht um den Spleen einer dummen Gans.

Heinrich hatte sie erlebt, wie sie aufgeregt und mit großem Gefolge ins Ministerium platzte. Direkt beim Minister ins Büro marschierte, mit dem Heinrich gerade eine Besprechung hatte, und fast in Tränen zerfloß bei dem Gedanken, daß die so lieblich singenden Nachtigallen über einem Feuer gebraten werden könnten. Und da Heinrich gerade anwesend war, hatte er jetzt diese Aufgabe am Hals. Also gleicht er seine Liste mit dem mittlerweile dritten Wälzer ab, als ihm eine Besucherin gemeldet wird. Hoffentlich keine Zofe der Prinzessin, die sich (wie fast täglich) nach dem Stand der Verordnung erkundigt. Nachdem die Sache in der Presse war, will - ja muß - die Kronprinzessin ihr Engagement und ihre Tierliebe beweisen. Die ständigen Besuche gehen Heinrich auf die Nerven, aber vielleicht ist nach dieser Sache eine weitere Beförderung möglich.

Kapitel 40

Die alte Kräuterfrau vermißte die Besuche von Louise, die guten Gespräche, das Fachsimpeln über Kräuter und ihre Wirkungen. Aber so war es nun einmal, Kinder wurden flügge. Aus dem Dorfklatsch Gretenbachs konnte sie die Entwicklung Louises verfolgen, die Heirat mit dem Weichenwärter. Aber das war kein Ersatz für das persönliche Gespräch. In ihren Träumen wurde sie manchmal von Louise besucht, doch auch das war kein Ersatz. Einmal hatte sie sogar geträumt, daß die Kleine den Pfarrerssohn aus Haßlieb heiratete. Und kurz danach war sie auch in Wirklichkeit erschienen, brauchte die Kräuter für den Engelmachertrunk. Die alte Kräuterfrau hatte ihr die Schwangerschaft direkt angesehen, als Louise die Hütte betrat, noch bevor diese ein Wort sagte. Und sie war sofort sicher, daß es ein Mädchen werden würde. Eine Schande, Louise wäre eine gute Mutter für das Mädel geworden. Aber dieser Sturkopf würde den Trank nehmen, um dann eine Fehlgeburt zu erleiden.

Die Kräuterfrau irrte doppelt: Louise hat den Trunk nicht geschluckt und dann einen Jungen geboren. Über Ersteres war die Alte froh, hatte sie doch Louise in den langen

Stunden der Geburt beigestanden und den Knirps in die Welt geholt, Zweiteres wurmte sie ein wenig. Jeder konnte sich mal irren. Was hingegen den Vater des Jungen anging, war kein Zweifel möglich.

Es war ein denkwürdiger Besuch gewesen. Nicht nur die überraschende Neuigkeit der Schwangerschaft, auch als plötzlich etwas gegen die Tür klopfte und die Krähe davor stand. Natürlich wußte die alte Kräuterfrau, daß Louise Vögel liebte, doch von dem zahmen Vogel hatte sie ihr nie erzählt, es hatte sich nicht ergeben. Und als ebendiese zahme Krähe, die sie ja schon seit Jahren in ihrer Waldhütte besuchte, dann plötzlich vor der Tür stand, gab es eigentlich nur noch ein Gesprächsthema. Auch dem Vogel war die Aufregung anzusehen, er blieb, bis Louise schließlich ging, und begleitete die Schwangere dann noch ein Stück auf dem Weg.

Es war schon merkwürdig: Sie hatten über alles gesprochen, über die Romane, die Louise las, über die Schule, über ihre Besuche der Universitätsbibliothek, über die schmale Auswahl an Verlobungskandidaten, über Louises Gefühle für den Pastorensohn und über Treffen mit ihm, aber nie über die zahme Krähe.

Daß es mit dem Pastorensohn nie etwas werden konnte, war klar. Nicht nur, weil beide verheiratet waren. Für Louises Eltern waren die Leute aus dem Nachbardorf Ketzer, die im Fegefeuer schmoren würden und für Heinrichs Eltern wiederum wäre Louise automatisch eine rückwärtsgerichtete Papistin und Hessin. Beide Elternteile hätten nie ihre Zustimmung gegeben und doch hatte die Kräuterfrau davon geträumt, daß die beiden heiraten würden.

Kapitel 41

Louise hatte alles versucht, sie hatte geflirtet, gebettelt, geschmeichelt, geredet und sie hatte es geschafft. Erst war Heinrich erschrocken über ihr Auftauchen, dann peinlich berührt, auf der Arbeit gestört zu werden. Schließlich wütend, als sie ihren Vorschlag vorbrachte. Dann aber auch wieder zugänglich, als sie ihm von den vielen verletzten Krähen erzählte, die sie in letzter Zeit aufnahm, Krähen wie Abraxas. Damit konnte er etwas verbinden, damit hatte Louise ihre Verbindung zu Heinrich wieder hergestellt. Auf sachlicher Ebene und auf einer Gefühlsebene, die nichts mit ihren Treffen in der Universitäts-Bibliothek zu tun hatte. Ihr Flirten, Betteln, Schmeicheln hatte erreicht, daß Heinrich hinter der Idee stand, Rabenvögel in die Singvogelliste aufzunehmen. Sie hatte ihm die lateinischen Namen rausgesucht, sie hatte ihm die Verwandtschafts-Verhältnisse der Vogelarten erklärt, sie hatte ihm die Argumentation soweit vorbereitet, daß er sie nutzen konnte, falls er darauf angesprochen wurde. Aber beide hofften, daß die zusätzlichen lateinischen Namen in der langen Liste niemandem auffallen würden.

Louise war erschöpft, dieser Tag, diese Reise, diese Begegnung hatten viel Kraft gekostet, müde fiel sie auf das Bett in der kleinen Pension in Steglitz. Müde und glücklich, mit ein bißchen Wehmut. Glücklich, daß sie ihr Vorhaben umgesetzt hatte, daß es eine Chance gab, das Massaker an den Krähen aufzuhalten. Auch wenn es zunächst absurd klang, Krähen als Singvögel einzustufen, so hätte das Gesetz doch dafür gesorgt, daß ihnen ein gewisser Schutz zukam. Denn wenn es eines gab, das Deutsche beachteten, waren es Gesetze. Und Gesetze auf Wunsch des kaiserlichen Hauses umso mehr. Seit sie in der Zeitung von der geplanten Singvogel-Verordnung und Heinrichs

Verantwortung dafür gelesen hatte, hatte es ihr keine Ruhe mehr gelassen. All die toten und verletzten Krähen, die sie auf ihren Wanderungen fand, die in ihren Träumen wiederkehrten, die sie krank machten, deren sinnloses Leiden und Sterben sie nicht mehr mit ansehen konnte, hatten sie auf diese Idee gebracht. Eine gewagte Idee, sicherlich, doch nach ausführlicher Recherche in der Universitätsbibliothek eine Idee mit Hand und Fuß.

Sobald Louise davon überzeugt war, daß sie auch andere damit überzeugen konnte, hatte sie Carl die Geschichte vom angeblichen 25. Geburtstag einer Freundin aus Schulzeiten aufgetischt, die sie nach Berlin eingeladen habe. Sie hatte ihm Essen für die ersten beiden Tage vorgekocht, eine Nachbarin gebeten, ihn für die folgenden zwei Tage zu bekochen und den anderthalbjährigen Anton zu betreuen, hatte ihr vom Haushaltsgeld abgezweigtes Erspartes aus der Dose in der Küche genommen, einen kleinen Koffer gepackt und war nach Berlin gefahren.

Es hatte sie Mut gekostet, viel Mut. Eine so lange Reise hatte sie noch nie unternommen, eine so große Stadt wie Berlin noch nie betreten. Es war der Mut der Verzweiflung, Verzweiflung über das ständige Leid der Krähen. Aber das Abenteuer tat ihr auch gut, mal andere Landschaften, andere Städte zu sehen. Berlin war ihr riesig vorgekommen, sie hatte sich zu der Pension in Steglitz durchfragen, viele unterschiedliche Trambahnen nehmen müssen. Das Landwirtschaftsministerium war vergleichsweise einfach zu finden, das Vordringen zu Heinrich eine Frage der Überzeugungskraft. Und die brauchte sie dann auch bei Heinrich. Louise hatte gar keine Möglichkeit, seinen plötzlichen Anblick zu verdauen, seine Geheimratsecken waren höher geworden, die Brille gleich geblieben. Sie hatten sich auch nicht lange mit Förmlichkeiten aufgehalten, für Vertrauliches war in seinem Büro sowieso kein Platz, das war ein Platz zum Arbeiten. Und arbeiten mußte sie an Heinrich.

Dieser Mensch, den sie in Cassel als geistreich, sanft und gefühlvoll kennengelernt hatte, war nun ein Mensch voller Vorbehalte, voller Ängste, jemand, der das Risiko scheute und sich hinter Gesetzen verkroch. Aber in dem trotz allem noch ein Herz schlummerte, das seinen Lieblingskameraden der Kindheit, sein Lieblingstier nicht vergessen hatte und beschützen wollte. Ein Herz, das nur allzu gern die Möglichkeit ergriff, mit einer sicheren Argumentation gegen eventuelle Anfeindungen gefeit zu sein. Waren es hier nicht Paragraphen, hinter denen er sich verstecken konnte, so war es immerhin eine wissenschaftlich saubere Einordnung der Rabenvogelarten als Singvögel.

Heinrichs ursprünglicher Spott und seine Ablehnung hatten sich dadurch in Begeisterung verwandelt. Louise konnte ihm das ansehen, als sie mit einem letzten Blick auf das Gesicht mit den hohen Geheimratsecken und der immer noch gleichen Brille sein Büro verließ.

Das war das Gesicht, von dem sie manche Nacht geträumt hatte, von dem sie manche schlaflose Nacht gehofft hatte, es würde auf einem weißen Pferd heran reiten und sie aus ihrem stumpfsinnigen Leben befreien. Ein Gesicht, das sie viel zu selten gesehen und doch geliebt hatte.

Mittlerweile hatte sich ein anderes Gesicht ihrer Liebe bemächtigt: Antons winzige Züge, der kleine Knirps beherrschte ihr Leben, ihr Herz. Sie liebte es, ihm bei seinen ersten Schritten in diese Welt zuzuschauen, zu sehen, wie er den Zusammenhang zwischen dem Ziehen an einem Faden und dem Heranrollen einer Garnrolle begriff, mit staunenden Augen seine Umgebung erkundete. Sein begeistertes Glucksen, sein unsicheres Stehen auf den kurzen O-Beinen, sein Herankrabbeln, wenn der Vater in die Küche trat. Carl war kein schlechter Vater. Auch kein liebevoller, doch das war ihr eigener Vater auch nicht gewesen, das kannte sie nicht anders. Er versuchte zwar nicht, mit dem Knirps zu spielen, hielt ihn auch immer nur kurz auf seinem Schoß und ignorierte ihn, wenn er Meerschaumpfeife rauchend auf seiner Bank saß. Aber Carl akzeptierte seinen Sohn, schlug ihn nicht, auch wenn der Kleine sie beide in den ersten Monaten nächtelang wach hielt. Er herzte ihn zwar nicht, er stieß ihn aber auch nicht weg. Er hatte ihn als festen Bestandteil ihres Lebens angenommen. So, wie er die sich jährlich ändernden Fahrpläne akzeptierte. So, wie er auch ihre Fahrt nach Berlin akzeptiert hatte.

Kapitel 42

In Berlin war die Liste nun fertig. Mehrfach von Experten kontrolliert, nur die Rabenvögel hatte Heinrich nach der Kontrolle noch mit aufgenommen. So wurde die Singvogel-Verordnung dem Minister vorgelegt. Schriftliche Gutachten seiner Professoren lagen bei, niemandem sollte auffallen, daß ein paar mehr Vögel auf der Liste standen. Im Nachhinein störte es Heinrich, daß er nicht selber darauf gekommen war, daß ihn erst Louise mit ihrem überraschenden Auftauchen damit konfrontieren mußte. Aber die Liste war abgesegnet worden, die Verordnung war raus aus dem Ministerium und rüber zur Abstimmung ins Parlament. Und fast wäre es auch niemandem aufgefallen, wenn nicht ein Mitarbeiter der Bauernpartei sich die Mühe gemacht hätte, die lateinischen Vogelnamen herauszusuchen und zu überprüfen. Der Aufschrei, auch in den Journalen, war groß, ist immer noch groß.
Heinrichs Argumentation über die Verwandtschafts-verhältnisse hatte zwar den Minister überzeugt, doch der

fordert mehr Rückendeckung, mehr Gutachten. Auf seine Professoren kann Heinrich dabei nicht zählen, die sind viel zu eingeschüchtert von dem massiven Auftreten der Bauernpartei. Wer würde schon Partei für Krähen ergreifen und dafür riskieren, in der Öffentlichkeit als Erntezerstörer an den Pranger gestellt zu werden? Zum Glück hatte Louise, nachdem er sie anrief, Kontakt zu Ornithologen hergestellt, die Gutachten ausarbeiten wollten. Doch es ist ein schwieriger Kampf. Wenn es nicht um Abraxas und seinesgleichen gegangen wäre, hätte Heinrich schon längst einen Rückzieher gemacht. Aber Abraxas liegt ihm am Herzen, ist in seinem Herzen fest verankert als Gefährte der Jugend. Und für Gefährten kämpft man.

Der Kampf wird noch durch Meldungen von den Forstämtern, ausgerechnet aus dem nordhessisch-südniedersächsischem Raum, über Angriffe von Krähen auf Jäger erschwert. Erst vor kurzem war ein Gymnasiallehrer und Jäger mit dem passenden Namen Waldemar Waidner nach so einem Angriff tot aufgefunden worden. Das Phänomen wurde nur im Süden Niedersachsens und dem Norden von Hessen beobachtet, Heinrich hofft, daß es sich nicht ausbreitet. Denn dann wäre ein Verbleib der Krähen auf der Liste der Singvögel fast unmöglich. Er unterdrückt alle derartigen Meldungen so gut er kann und hofft, daß kein Angriff seinen Vater trifft, wenn der einmal mit dem Gewehr im Wald unterwegs sein sollte.

Die Gespräche mit Louise haben ihn aufgewühlt, nachdem er seine Gefühle für sie schon verdrängt hatte. In seiner einsamen Dienstwohnung denkt er viel darüber nach, wie wohl ein Leben mit ihr an seiner Seite wäre. Sicherlich anders, als mit Elise. Auch daß Elise ihm bisher noch keine Kinder geschenkt hat, sorgt dafür, daß er immer seltener nach Hannover fährt und sie kaum vermißt. Zwar stört das leere, kalte Bett, gerade im Winter, doch ihr sinnfreies

Geplapper und die langweiligen Empfänge fehlen ihm überhaupt nicht. Letztes Wochenende war er mal wieder nach Hannover gefahren, wohl auch ein wenig, weil er ein schlechtes Gewissen hatte wegen seiner Gefühle. Er ertrug Elise und dachte dabei an Louise. Auch die nächtlichen Überfälle von Elise hatte er nur routiniert abgearbeitet, vielleicht hatte er ja diesmal ein Kind gezeugt. Die Kinderlosigkeit belastete Elise noch mehr als ihn, sie hatte sich untersuchen lassen und bemühte sich nachts um besonders empfängnisfördernde Stellungen. Das war zuweilen doch recht anstrengend, artete regelrecht in Arbeit aus, sodaß Heinrich auch dieses Zusammensein nicht mehr genießen konnte. Er hätte schon ganz gern einen Sohn, aber das Zwanghafte des Zeugungsprozesses mochte er nicht.

Umso stärker muß er an Louise denken und wie ein Leben mit ihr wäre. Es ist unmöglich, das ist ihm klar. Eine Scheidung würde sein Leben ruinieren, sein Schwiegervater würde allen Einfluß geltend machen. Da hilft auch der gute Draht zum Minister nicht. Aber gerade der Vergleich zwischen dem Eheleben, das er hat, und dem, von dem er träumt, macht ihn traurig. Bei den Schafen zu Hause hatte er manchmal beobachtet, daß sie sofort die Köpfe durch den Zaun steckten, um auf der anderen Seite zu fressen, auch wenn sie auf eine frische Wiese mit hohem Gras gelassen wurden. Das Gras auf der anderen Seite ist immer grüner. Ob das bei ihm auch so ist, daß er nur das haben will, was er gerade nicht hat? Heinrich schüttelt den Gedanken fort. Er hat Elise geheiratet, ihr Wesen in Kauf genommen, um Sicherheit zu haben, um Karriere machen zu können. Beides hat er nun zur Genüge. Er wird das nicht aufs Spiel setzen, zumindest nicht unnötig. Doch seit er wegen der Singvogel-Verordnung in regelmäßigem Kontakt mit Louise ist, scheint es ihm immer nötiger. Aber erst einmal den Verbleib der Krähen auf der Singvogel-Liste sichern. Also wieder an den Schreibtisch setzen, aber sofort!

Kapitel 43

Carl saß draußen auf der Bank und rauchte seine Meerschaum-Pfeife, während Louise die Reste des Mittagessens wegräumte. Automatische Abläufe, tausendmal getätigte Handgriffe, während zeitgleich ihr Kopf unermüdlich arbeitete. Das Mittagessen war wie immer verlaufen, Louise redete, Anton plapperte dazwischen, Carl sagte kein Wort. Und doch war es anders, Louise war anders. Die Beerdigung ihrer Mutter lag jetzt zwei Wochen zurück, in den letzten drei Wochen seit der Nachricht vom Tod hatte sie nur noch funktioniert. Nicht nachgedacht, nur funktioniert. Heute war es anders, die Gedanken drehten sich ihn ihrem Kopf, frühe Erinnerungen wurden von dem Strudel nach oben gespült, gepaart mit längst vergessenen Gefühlen. Der Ausflug an den Grünen See mit der Mutter, beide im Badekostüm, wie die Mutter lachend über den Bootssteg lief. Wie sie bei Antons Geburt ihre Hand hielt, ihr den Schweiß vom Gesicht wischte. Der glückliche Blick, als sie ihren Enkel das erste Mal im Arm hielt. Mutter bei der Messe, wie sie demütig die Oblate entgegennahm, Mutter, die auf der Bank des Bahnhofsvorplatzes in der Sonne Kartoffeln schälte, in unbeobachteten Momenten mit der Krähe sprach und ihr gelegentlich eine Schale zuwarf, obwohl sie den Vogel eigentlich nicht mochte. Mutter, die ihr zurief, die Stiefel auszuziehen, Mutter am Herd. Mutter, die immer dagewesen war, die immer dafür gesorgt hatte, daß alles funktionierte, daß die Billetts verkauft wurden, daß der Wartesaal gewischt war. Mutter, die nie ein anderes Buch als Bibel oder Gesangbuch in die Hand genommen hatte.

Deren Tag erst endete, wenn alle versorgt waren, die sich erst dann aufs Sofa setzte und strickte. Mutter, deren einzige Schwäche ein Stück Buttercremetorte vom Hausener Konditor war, an dem sie auf ihren seltenen Besuchen in der Stadt nicht vorbei gehen konnte. Das Leuchten in den Augen der Mutter, wenn sie dann ihr Stück Buttercremetorte serviert bekam und es wie eine Dame der gehobenen Gesellschaft verspeiste. „Im Lewwe muss man es sich aach ma gud gehe lasse."

Die Mutter, die immer da gewesen war, war nicht mehr da. War eingeschlafen und nicht mehr aufgewacht. Der Vater hatte sich gewundert, wo das Frühstück blieb, warum sie so lange schlief. Sie schlief für immer. Und Louise fand nur langsam aus der Betäubung heraus, die sie am Funktionieren gehalten hatte.

Sie mußte nun auch den Vater mit versorgen, kochte für ihn mit, brachte ihm das Essen mit dem Frühzug, fuhr zurück bevor sie mit ihrem eigenen Mann aß, spülte zu Hause ab, nahm den Zug nach Gretenbach, spülte beim Vater ab, bereitete sein Abendessen vor. Sie funktionierte immer noch, aber heute war es anders gewesen. Die Gedanken, die Erinnerungen waren zurückgekommen. Vielleicht, weil Heinrich angerufen hatte. Das war in den letzten Monaten gelegentlich vorgekommen. Carl hatte die Erklärung akzeptiert, daß sie mit ihrem ornithologischen Fachwissen dem Landwirtschafts-Ministerium half. So wie er alles akzeptierte, was unabänderlich schien. Eigentlich war es nur eine Lappalie gewesen, wegen der Heinrich anrief, so wie er meistens wegen Lappalien anrief. Aber auch hier funktionierte sie, ratterte ihm aus dem Kopf die Verwandtschaftsverhältnisse der gefragten Vogelarten herunter und beendete nach seinem Dank das Gespräch.

Nun legte sie die Schürze ab, zog die Pantoffeln aus und ihre Holzschuhe an, um den Zug nach Gretenbach zu nehmen, beim Vater abzuspülen, aufzuräumen. Nachdem auch das erledigt war, setzte sie sich auf das Sofa, neben den Platz, auf dem Mutter immer gestrickt hatte. Mutters Geruch lag immer noch in der Luft, sie war hier immer noch überall in der Wohnung. Vater sprach nicht viel, zeigte keine Gefühle, aber seit dem Tod kam er Louise vor, wie ein alter Mann. Er hatte ohne Regung die Beerdigung organisiert, ohne Tränen am Grab gestanden, sich nicht einmal einen Tag frei genommen. Direkt nach dem Leichenschmaus war er wieder in sein Büro gegangen, sein einziger Kommentar war gewesen „Ma brauche nu fürs Saubähmache vom Bahnhoff een Butzfraa, werd eene beantrache."
Aber ihr Vater hatte schon immer funktioniert. Daß er lebte, merkte man nur, wenn er sich über Politik ereiferte. Der Gedanke schlich sich langsam in Louises Unterbewußtsein: Daß sie nicht nur funktionieren wollte, daß sie leben wollte.

1912, 24. JAHR DER REGIERUNG KAISER WILHELMS II.

Kapitel 44

Der alten Kräuterfrau steckte der Spätherbst in den Knochen. Die ständigen Wetterwechsel, die Kälte, ließen sie ihre Knochen spüren, ließen ihre Gelenke knacken und ihre Muskeln nur mühsam funktionieren. Ob sie diesen Winter überleben, den nächsten Frühling noch genießen konnte? Und wenn schon, wen hätte es gekümmert? Die Leute in den Dörfern hatten Angst vor ihr, Kinder hatte sie keine. Zumindest nicht hier. Ihre Kinder mußten jetzt schon groß sein, hatten wahrscheinlich selber Kinder, vielleicht hatte sie sogar Enkel. Wenn ihre Kinder überlebt hatten. Es war der Kräuterfrau schwer gefallen damals, den zweijährigen François und die dreijährige Berthilde bei ihrer Schwester zu lassen. Der vielleicht traurigste Moment ihres Lebens. Die Reise mit den Kleinen nach Straßbourg, die Erklärung „Ihr bleibt jetzt ein paar Wochen bei Mathilde". Ein Abschied, der nicht wie ein endgültiger aussehen durfte.

Sie liebte die Kinder, auch wenn sie deren Vater haßte. Der Mann, der sie nach dem Dorffest abgefangen und in die Scheune gezerrt hatte. Den sie heiraten mußte, weil ihr Bauch mit Berthilde immer dicker wurde. Der sie fast täglich schlug, schwanger oder nicht, betrunken über sie herfiel, schwanger oder nicht. Den sie am liebsten getötet hätte, der sich aber ihren Heiltränken verweigerte und bei Krankheiten lieber den Dorfarzt aufsuchte. Der Mann, der leider nicht eingezogen wurde zum großen Krieg 70/71, der statt den Feind zu bekämpfen, seine eigene Frau vergewaltigte. Der sich aber unterwürfig und dienstbar zeigte, als die Deutschen im Dorf stationiert wurden.

Unter den Deutschen: Heinz. Ein Mann wie ein Baumstamm, blond, gut aussehend, mit einem umwerfenden Lächeln. Der sie, die Magd in der Dorfkneipe umwarb, der ihr in seinem radebrechenden Französisch den Neuanfang versprach. Er wollte nicht wieder nach Ostpreußen, er wollte in der Mitte Deutschlands einen Neuanfang wagen, mit seinem gesparten Sold. Und er wollte sie mitnehmen. Sie ging mit, auch wenn sie ihre Kinder nicht mitnehmen konnte. Er baute ihr die Hütte im Wald, unterstützte sie, besuchte sie oft. Seinen Pfeifenrauch konnte sie noch Tage später in der Hütte riechen. Er wollte, daß sie sich an das Dorf und daß das Dorf sich an sie gewöhnte. Doch das tat es nie, sie blieb immer eine Fremde und irgendwann wurden die Besuche von Heinz seltener. Er unterstützte sie weiterhin, er war pflichtbewußt, auch wenn die Liebe zwischen ihnen verschwunden war, wenn sie denn jemals dagewesen sein sollte.

Die alte Kräuterfrau erinnerte sich an keine heißen Gefühle, nur an den unbedingten Willen, das Dorf, den Mann in Frankreich zu verlassen, beide nie wieder zu sehen. Heinz war ihr Weg, das Werkzeug. Heinz war nicht ihr Ziel. Sie war ihm dankbar dafür, daß er sie da raus geholt hatte, daß er sie hier unterstützt hatte, doch nun war auch er verstorben. Weit entfernt von seiner alten Heimat, dem Memelland, einsam. Sie hatte wirklich getrauert, die Schreie an seinem Sarg waren nicht ihre üblichen Klageweiberschreie, die Tränen waren echt. Er war ein guter Mann gewesen. Das sagte auch der Pastor, sein Nachbar, bei der Beerdigung. Heinz wollte eigentlich nur eine kleine Beerdigung, aber das ganze Dorf war gekommen. Sie hatte, wie immer aus der Ferne, aus der Deckung, zugesehen. Erst, als auch die letzten Trauergäste zum Leichenschmaus gegangen waren, hatte sie sich an sein Grab gewagt, geweint, getrauert, noch ein letztes Mal neben ihm geschlafen. Oder besser: Neben dem Hügel kalter Erde, die nun Heinz bedeckte.

Auch die Krähe kam nach der Beerdigung vorbei, wollte die Schleifen an den Kränzen aufziehen, Blumen aus den Sträußen ziehen. Zum ersten Mal verjagte die alte Kräuterfrau den schwarzen Vogel, der daraufhin von einer Tanne empört herüber krächzte. Sie wollte allein sein mit ihrer Trauer, konnte dieses eine Mal die Spielchen des Vogels nicht ertragen. Auch wenn sie wußte, daß Heinz ihn geliebt hatte, ihm jedesmal seine Pfeifenasche überließ, die die Krähe begeistert fraß. Dieses eine Mal noch wollte sie mit Heinz allein sein.

Heinz, der Mann, der sie aus der Hölle befreit hatte, der sie ihr eigenes Leben leben ließ. Ein armes Leben, aber gleichzeitig reich an Freiheit. Heinz, der Mann, den das ganze Dorf mochte. Sogar der neue Bahnhofsvorsteher von Gretenbach war gekommen und stand mit seinen O-Beinen am Grab. Heinz war früher sein Nachbar gewesen.

Wie viele gestandene Männer es gab, die sie an seinem Grab weinen sah! Sicherlich würden nun beim Leichenschmaus im Gasthaus „Dürre" die Geschichten kursieren, wie sie als Kinder auf seinem Heuwagen mitfahren durften, wie er im Winter seinen Schlitten anspannte und sie ihre kleinen Schlitten hinten anhängen durften. Wie manchen er eher ein guter Onkel gewesen war, als es die echten, die leiblichen Onkel waren. Die alte Kräuterfrau hat sich immer gefreut, wenn sie in Haßlieb sah, wie Heinz mit den Kindern spielte, ihre Faxen mitmachte, sie Abenteuer erleben ließ. Sein Hoftor durfte stets von jedem geöffnet werden und so manche Mutter fand ihren zum Abendbrot verspäteten Sproß dort im Heu spielend, die Zeit vergessend.

Ob Heinz sie jemals richtig geliebt hatte? Die alte Kräuterfrau konnte es nicht sagen. Sie hatte ihn sehr gemocht, das ja. Seine ruhige Art, seinen mit dem Haßlieber Platt vermischten ostpreußischen Akzent, seine Zuverlässigkeit, seine Zärtlichkeit. Aber geliebt, das hatte sie ihn nicht.

Liebe, das war so etwas wie zwischen Heinrich und Louise. Die starken Gefühle, das Leuchten in Louises Augen, wenn sie von den Treffen in Cassel schwärmte. Wie die Kleine davon erzählte, daß vor vier Jahren beide im Café die Zeit vergessen hatten, daß der letzte Zug nach Hausen abgefahren war, bevor sie den Bahnhof erreichten. Wie Louise von Heinrich über den Hintereingang in sein Hotelzimmer geschmuggelt wurde. Der Glanz in ihren Augen, wenn sie von dieser Nacht erzählte, das war Liebe. Das war echte Liebe.

Und auch, wenn sich die Kräuterfrau bei dem Geschlecht des Kindes geirrt hatte, bei der Herkunft konnte sie sich nicht irren. Das hatte sie schon bei der Geburt gesehen, die Gesichtszüge, die O-Beine, die Augen, da konnte es keinen anderen Vater geben. Wenn sie den Kleinen jetzt manchmal halbblind umhertappen sah, war auch klar, daß er die Kurzsichtigkeit seines Vaters geerbt hatte. Nein, über die Herkunft des Kleinen konnte es keinen Zweifel geben.

Kapitel 45

Der Regen tropft schwer auf meine Federn, der Ast unter meinen Krallen wippt im starken Herbstwind. Es ist dies wohl mein letzter Herbst, der letzte Herbst in einem langen Leben. Einem Leben, mit dem ich viele Krähenleben gerettet habe. Kann es ein erfüllteres Leben geben?

Unten auf dem Bahnhofsvorplatz von Gretenbach sehe ich Louise im Regen tanzen, sie hält ein Telegramm in der Hand. Kurz darauf kommt auch ihr Küken dazu und schließlich der neue Bahnhofsvorsteher, mein Heinrich. Da ist sie zusammen, meine Menschenfamilie. Sie tanzen im Reigen und rufen mir zu, daß die Singvogel-Verordnung beschlossen worden ist, das Menschengesetz, das uns Krähen vor den Schießstöcken schützen soll.

Ich lasse mich in den Wind fallen, segle zu ihnen herunter, mache meine Streichel-Verbeugung, lasse mich von allen streicheln, auch von dem Küken. Die ganze Familie freut sich.

Ob ich mich auch freue? Ja sicher, die Freude, die Zärtlichkeit geht mir unters Gefieder. Aber noch mehr bin ich erleichtert, daß mein Auftrag auf dieser Erde abgeschlossen ist, daß ich ruhigen Gewissens von dieser Welt scheiden kann. Daß ich dem Drängen meines sterbenden Körpers nachgeben kann. Mit zwei kurzen Krächzern fliege ich zurück zum Baum, lasse mich vom höchsten Ast wieder in den Wind fallen und von ihm in einem Bogen über das Bahnhofsgebäude tragen, hin zur alten Eiche am Hang des Waldes. Noch ein letztes Mal spüre ich den Wind unter meinen altersmüden Schwingen, spiele mit ihm, lasse mich höher steigen, rasend schnell fallen, drehe dann einen letzten Kreis um die alte Eiche, bevor ich mich in ihre verwaiste, blattlose Krone sinken lasse. Meine Eiche, an der ich noch einmal meinen Schnabel reiben werde, um ihn dann unter meinen linken Flügel zu stecken und zu schlafen. Zu schlafen, um nicht mehr aufzuwachen, um nicht mehr davon zu segeln, sondern um wie ein vereister Klotz herunterzufallen. Der nahende Winter wird seinen kalten weißen Teppich über meinen vom Ast gefallenen Körper weben, bis zum nächsten Frühling. Einem Frühling, in dem die Menschen keine Krähen mehr töten werden.

EPILOG: WARUM SIND KRÄHEN SINGVÖGEL?

Ich kann es Ihnen nicht sagen. Denn wer Krähen kennt weiß, dass es nicht an ihrem „Gesang" liegen kann. Der klingt für uns Menschen so unmelodisch wie mein Gesinge auf der Bühne als „Nachtigall von Dortmund". Das Ganze hat sicherlich etwas mit der biologischen Einordnung zu tun und mit Biologie kenn ich mich nicht aus.

Aber so wirklich interessiert mich der Grund auch nicht. Er hat meiner Geschichte die Rahmenhandlung, die Schaffung der Reichssingvogelverordnung, gegeben, das reicht. Die natürlich frei erfunden ist, genauso wie die Charaktere im Buch. Mit zwei Ausnahmen: Onkel Heinz und Abraxas.

Ja, Abraxas. Mein Vater brachte immer die komischsten Sachen mit nach Hause, einmal eben eine Krähe, die nicht mehr fliegen konnte. Sie wurde Abraxas getauft und zog bei uns auf dem Hof ein. Wie im Buch beschrieben, war Abraxas der Chef im Hof. Die Katze durfte erst an ihr Katzenfutter, nachdem die Krähe sich damit den Bauch vollgeschlagen, sie anschließend zweimal um den Hof gejagt und sich dann für ein Verdauungspäuschen auf einem Ast niedergelassen hatte. Sein Heim hatte Abraxas in einer alten Waschmaschinentrommel auf einem Baumstumpf, in die er abends eingeschlossen wurde. Morgens, vor der Schule, ließ ich zuerst ihn heraus, er begleitete mich munter krächzend zum Schafstall. Die Schafe rannten zwar von allein auf die Wiese, aber Abraxas tat trotzdem so, als wäre es sein Verdienst. Anschließend begleitete er mich ans Hoftor. Exakt bis zum Hoftor kam er mit, die unsichtbare Grenze zum Bürgersteig der vielbefahrenen Bundesstraße überquerte er nie, sondern

170

ließ sich noch ein letztes Mal streicheln um mir dann nachzuschauen.

Wenn ich von der Schule heimkam flatterte er vor meine Füße, sobald ich die unsichtbare Grenze überschritt. Er begleitete mich krächzend auf dem Weg zur Haustür, erzählte mir wohl von seinem Tag, gern hätte ich seine Sprache verstanden. Meist blieb ich noch ein wenig stehen, rauchte meine Kippe zu Ende. Die Asche tippte ich so ab, dass sie möglichst in einem Stück runterfiel, denn das war sein Leckerli, er wartete immer gespannt, bis ich wieder so weit war, ein Stück abzutippen.

Sein anderes Lieblings-Leckerli war Eiscreme. Wenn Ihr also eine Krähe seht und gerade eine Eiswaffel in der Hand habt, esst sie nicht ganz auf, sondern lasst ein wenig drin und legt sie vorsichtig so hin, dass die Krähe sie sieht und erreichen kann. Geht 50 Meter weg und genießt den Anblick ihres Genießens.

Die Zigarettenasche konnte ich als Pfeifenasche einbauen in meine Geschichte. Eiscreme wäre schwierig gewesen, die war Ende des 19. Jahrhunderts noch nicht so wirklich verfügbar, vor allem nicht für eine arme Landpastoren-/Bahnhofsvorsteherfamilie. Was ich einbauen konnte, war Abraxas Leidenschaft für Schnürsenkel und Bänder. Er zog an allem, was irgendwie heraushing. Und Schnürsenkel waren eine geliebte Herausforderung für ihn. Er schweifte später im ganzen Dorf herum, verbrachte auch viel Zeit auf dem Dorffriedhof. Dort versuchte er bei den Schuhen der alten Damen die Schnürsenkel aufzuziehen, allerdings hatten die meist gar keine Schnürsenkel. Das tat denen sicherlich oft weh, auch verstanden sie nie, wer die Blumen aus den Vasen auf den Gräbern zog. Für Abraxas waren Blumen halt wie Bändel: etwas was man herausziehen konnte.

Einmal beobachtet er meine Mutter beim Mohrrüben ernten. Dann flatterte er vor sie, zog mit seinem Schnabel die Karotten sorgsam heraus und legte sie fein säuberlich daneben hin, so daß meine Mutter sie nur noch einsammeln mußte. Natürlich lobte und streichelte meine Mutter ihn dafür. Das hätte sie besser gelassen, denn daraufhin flatterte die Krähe weiter, zog die liebevoll gepflanzten Blumen meiner Mutter aus dem Boden und legte sie dann fein säuberlich daneben. Meine Mutter war not amused.

Abends brachte ich dann mit Abraxas die Schafe wieder in den Stall. Wenn die nicht wollten rannten wir beide über die Wiese um sie in den Stall zu treiben. Eine wirkliche Hilfe war er nicht, aber der Wille zählt und ich bin sicher, dass er stolz auf seinen Anteil an der Arbeit war. Anschließend ging er munter krächzend neben mir zur Wäschetrommel, ich rauchte noch meine Kippe auf. Nachdem er die Asche verspeist hatte, flatterte er in die Trommel und ließ sich für die Nacht einsperren. Bis ich ihn am nächsten Morgen auf dem Weg zum Schafstall erneut abholte.

Irgendwann lernte Abraxas wieder fliegen. Erst nur auf die niedrigen Äste, dann auf die hohen und irgendwann war er weg. Meine Eltern und ich grüßten noch lange jede Krähe, die in der Nähe oder vom Kirchturm krächzte. Es könnte ja Abraxas sein. Mich hätte es gefreut, wenn er zurückgekommen wäre, so wie in dieser Geschichte. Das ist er leider nicht. Oft habe ich darüber nachgedacht, was er nun macht. Und daraus ist diese Geschichte entstanden.

Eine Geschichte, die natürlich frei erfunden ist. Wenn sich jemand in einer der Personen wiedererkennen sollte, kann ich nur sagen: Seien Sie nicht so egozentrisch, die haben alle nichts mit Ihnen zu tun. Die einzige Person, die ich an einer echten modelliert habe, ist Onkel Heinz. Und der ist tot. Und natürlich habe ich mir jede Menge künstlerische Freiheiten genommen: Das Hessische Gebabbel und der

Katholizismus ist in Nordhessen bei weitem nicht so ausgeprägt, wie im Buch beschrieben. Auch sonst strotzt der Roman voller historischer Inkorrektheiten-
Aber Sie können mir helfen, dieses Buch besser zu machen, denn trotz aller Sorgfalt haben sich wahrscheinlich Rechtschreib- oder Zeitformfehler eingeschlichen. So ganz fit bin ich ja auch nicht mehr in der alten Rechtschreibung und schon mal gar nicht mit Zeitformen. Wenn Sie Fehler finden, würde ich mich freuen, wenn Sie die mit dem Betreff „2.Auflage" an kraehenfehler@dr-mulle.de senden. Vielen Dank im Foraus ☺

Und es würde mir sehr helfen, wenn Sie Ihre Meinung zu dem Buch kundtun, sofern es Ihnen gefallen hat. Eine kurze Besprechung ist schnell geschrieben und kann schnell auf den verschiedenen Seiten wie amazon, twentysix.de oder in Foren veröffentlich sein. Das hilft ungemein, dieses Buch weiter zu verbreiten. Und wenn Ihnen etwas nicht gefallen hat, freue ich mich über Feedback an die Mailadresse. Es kann ja in der nächsten Auflage berücksichtigt werden.

Damit diese Geschichte aus meinem Kopf zu einem richtigen Buch werden konnte, bedurfte es der Mitarbeit einiger Menschen, denen ich hiermit danken möchte: Der erste Leser dieser Geschichte, mein Gitarrist Tim. Er hat mir mit seiner Kritik geholfen, die Geschichte besser und lesbarer zu machen für zukünftige Leser. Fränz war die zweite. Sie hat die meisten Rechtschreib- und Zeitformfehler beseitigt, hat mit ihrem Korrektorat und ihren stilistischen Vorschlägen das Buch besser gemacht. Danach hatte ich eigentlich gedacht, das Ding wäre druckreif, aber der dritte Leser, Sebastian, hat noch so viel an konstruktiver Kritik eingebracht, dass ich mich ein weiteres Mal intensiv drangesetzt habe. Und schließlich hat

Nadja sich (trotz ihrer Masterarbeit) noch die Zeit genommen, das Buch durchzuarbeiten und mir mit vielen Tipps geholfen, es lesbarer zu machen.

Nicht zuletzt möchte ich meinen Eltern danken, die auf ihre gastfreundliche Weise stets Platz für Menschen und Haustiere aller Art hatten, eben auch für Abraxas. Sie haben mir die Liebe zu Büchern nahegebracht, ohne die ich dieses Buch nie hätte schreiben können. Und mein Vater hat nach Erscheinen auch noch mal so um die 200 Verbesserungsvorschläge gemacht und Fehler gefunden.

Euch allen: Danke! Und nochmals: Danke!

Allen meinen Freunden, Hausbewohnern, Verwandten, Bandmitgliedern: Danke, dass es Euch gibt!

Dortmund, im Januar 2020

Dr.Mulle

Hier noch ein kleiner Text, den mein Vater zu Abraxas geschrieben hat:

Das Licht der Welt erblickte Abraxas, eine Rabenkrähe, im Mai 1989 in einer hohen, alten Blutbuche im Pfarrgarten von Hedemünden. Die ehemalige kleine Ackerbürgerstadt, im Länderdreieck (Nieder-)Sachsen, Thüringen, Hessen, in frühen Urkunden genannt Hademinni = Hader-Liebe = "Streithammelshausen" = Haßlieb, war häufig Kriegsgebiet in Grenzstreitigkeiten gewesen. Am 12.Juni verließ Abraxas das Nest in der Höhe und landete mit einem Bruder (oder Schwester?) auf einem großen, heruntergebrochenen Ast. Er ruinierte sich die Flügelfedern, während der/die andere davonfliegen konnte. Abraxas blieb bei uns etwa eineinhalb Jahre.

"Seine" Familie kannte er bald ganz genau und hatte für jeden einen besonderen Umgang. Am nächsten zu Leibe rücken durfte ihm Mulle. Der "kleinen Oma" wuselte er zwischen den Beinen herum und begleitete sie über Hof und Garten bis an ihren Türdurchgang - "die kleine Hexe mit ihrem Raben". Bei Mama untersuchte er oft die Zehen in den Sandalen, nicht immer eine Freude. Aber dafür half er ihr eben auch im Garten und zog neben ihr die Zwiebeln aus dem Beet, auch wenn die noch gar nicht erntereif waren. Blumen liebte er - und "pflückte" sie. Er erkannte "seine" Leute sogar in der Verkleidung einer Motorradmontur. Natürlich kam er in seiner Waschmaschinentrommel mit in den Urlaub nach Müllheim im Markgräfler Land, wo er sogar ein großes Schuppenquartier für sich hatte und den Kindern im Garten Vergnügen bereitete, aber auch ausbüxte.

Eine Katze, die sich auf dem Hof einfand, war Spielkameradin für Abraxas. Sie legte sich gern hinter einem schweren Holzrad zur Ruhe. Da hatte er nichts Besseres zu tun, als sie hinten am Schwanz zu ziehen, sodaß sie vorne rausschoß und ihn zu erwischen trachtete, was er aber stets einen halben Meter vor ihr hopsend mit Vergnügen verhinderte. Auch wenn sie Pause machte auf oder unter dem dicken Schiffstau, das den vielen Kindern, die zum Spielen kamen, als Schaukel diente, konnte er sie nicht in Ruhe lassen. Andere Katzen übrigens trauten sich nicht mehr auf den Hof. Seine Neugier kannte keine Grenzen, wo gearbeitet wurde, mußte er dabei sein. Und als im September 1990 der Jenaer Knabenchor mit achtzig Jugendlichen auf dem Hof stand, war Abraxas mitten dazwischen.

Als er dann doch noch richtig fliegen gelernt hatte, was wohl nur Rabenvögel schaffen, zog er weitere Kreise. Vor allem auf dem Friedhof irritierte er die Besucher und legte Blumen neben die Vasen, sodaß wir uns für ihn entschuldigen mußten im Gemeindebrief (11/1990). Eine Zeit lang blieb er bei Frau Walter unter dem Bahndamm, bevor er Anschluß an eine Gruppe fand. Er begrüßte jeden von uns immer heftig, wenn er auf der Kirchturmspitze auf dem Pferderücken saß, sobald wir in den Blick gerieten. Die Krähen-Gruppe ist später auch in Münden gewesen, und wenn Didi zwischen hunderten Schülern aus dem Grotefend-Gymnasium zum Bahnhof ging, begrüßte Abraxas ihn mit viel Klamauk bei der Post - aber herunter kam er nicht mehr.
(U.H.)